光文社文庫

文庫書下ろし

Dm
しおさい楽器店ストーリー

喜多嶋 隆

光 文 社

この作品は光文社文庫のために書下ろされました。

『Dm　しおさい楽器店ストーリー』目次

1　ギタリストなら、喧嘩《けんか》はやめておけ

「あんた」とその男。
「ギタリストなんだから、喧嘩《けんか》はやめておけ」と僕に言った。
そして、
「こんなやつら相手に、指にケガでもしたら馬鹿馬鹿しいだろう」と微笑した。

♪

鎌倉・由比ヶ浜《ゆいがはま》。海沿いにあるライヴハウス〈134〉。
僕らは、7時半から演奏をしていた。
メインは、ヴォーカルでキーボードの山崎唯《やまざきゆい》。あとの3人は、僕と、おなじみのバン

ドメンバーだった。

山崎唯のメジャー・デビューが近い。

そこで、チームワークを固めるために、僕らはライヴハウスで演奏をしていた。

7時半からはじめたライヴも、2ステージ目。唯らしいしっとりとしたバラードを続けて演奏していた。

そのときだった。耳ざわりな声が聞こえてきた。

♪

50人ほどの客が入っている店。そのすみで、男たちが3人、大きな声で話していた。

ビールを飲みながら、勝手な話で盛り上がりはじめている。

ほかの客たちは、静かに演奏を聴いているのに……。

キーボードを弾きながら歌っている唯も、とまどったような表情を浮かべた。

ギターの僕とベースの武史《たけし》、ドラムスの陽一郎《よういちろう》も顔を見合わせた。

やがて、演奏していた〈The Rose《ザ ロ ー ズ》〉が終わった。客席から温かい拍手……。けれど、

3人の男たちは相変わらず大声でしゃべっている。

ほかの客たちも、その連中を振り返って見ている。

このステージでは、あと2曲やる予定でいた。けれど、僕は唯の耳元で、「やめよう」と言った。

唯が、うなずいた。キーボードから立ち上がる。軽く頭を下げステージからおりる……。すると、

「もう終わりかよ！」とその男たちの一人が叫んだ。わざと嫌がらせをしているようにも見えた……。

僕は、肩にかけていたテレキャスターをギター・スタンドに置いた。深呼吸……。低いステージからおりる。男たちの方へゆっくりと歩いていく。

♪

男たちが僕を見た。

3人とも二十代だろうか。いちおうスーツを着ているが、ノーネクタイ。

「あんたら、来る店を間違えたな」と僕は言った。

「……なんだと？」と男の一人。

「聞こえなかったのか？　そんなにバカ話をしたいなら、居酒屋にでも行けよ」僕は言った。

男たちが僕をにらみつけ、

「生意気なガキが……」と吐き捨てた。

僕は23歳。もうガキと呼ばれる年齢《とし》ではない。

「とにかく、迷惑だから出ていってくれ」僕は言った。

「出て行けだと。お兄ちゃん、いい度胸じゃないか」と男の一人。

どうやら、あまり柄《がら》のよくない連中らしい。その3人は、立ち上がった。

そのときだった。

「やめておけ」という声がした。

♪

一人の若い男が、そばに立っていた。

177センチの僕と同じぐらいの身長。細身で筋肉質の体つきをしていた。

まだ4月なのに、かなり陽灼《ひや》けしている。渋い柄のアロハシャツにスリムジーンズというスタイル……。どうやら、客の一人……。

「あんた、ギタリストなんだから、喧嘩はやめておけ」とその男。

「こんなやつら相手に、指にケガでもしたら馬鹿馬鹿しいだろう」と微笑しながら僕に言った。

「こんなやつらだと？」とやつらの一人。きつい目で、アロハの男を見た。

「もう一度言ってみろ」とすごんだ。アロハの彼は、軽く苦笑い。

「何回でも言ってやるよ。お前らみたいなゴキブリを相手にしてもしょうがない。違うかな？」

「ゴキブリ？」と男の一人。

「ああ、さっさと巣に帰ったらどうだ」とアロハの彼。

「なんだと？」と男の一人が目を吊り上げた。

「とにかく表に出よう。ビール代を払ってからな」とアロハの彼が言った。

男たちは、顔を見合わせる。むかついた表情のまま。とりあえず、千円札を2、3枚テーブルに放る。肩を怒らせ、店を出て行った。

「つき合おうか」僕は、アロハの男に言った。

彼が、店を出て行こうとしたときだった。

「まかせておけ。話せばわかるさ」と彼。相変わらず微笑しながら言った。店を出ていった。


♪


僕は、とりあえず控え室に戻った。

唯やバンドメンバー、そして一緒に来ている従妹《いとこ》の涼夏《すずか》も心配そうな表情……。

「大丈夫なの、哲《て》っちゃん？」と唯が僕に言った。

「やつら、ヤクザやチンピラじゃなさそうだが、1対3じゃ、やばいんじゃないのか」

と陽一郎が言った。

「それもそうだな。援護《えんご》しにいくか」

僕は言った。ドラムスの陽一郎は、ケースからスティックを一本出した。

いざとなったら、それで相手を叩きふせるつもりだろう。昔のテレビドラマでそんなシーンを見た覚えがある。

僕と陽一郎は、店を出た。

店のわきには、駐車場がある。6、7台駐《と》められる広さ。いまは、2台しか駐まっていない。

ガランとした駐車スペース。

3人の男たちが、のびていた。2人は、仰向《あおむ》けになっている。もう1人も、片方の膝をついてうめいている。

アロハの彼は、立ったまま連中を見ている。僕と陽一郎に気づくと、白い歯を見せ、

「話しても、わからなかったらしい」と言った。

そのとき、片膝をついていた男が、立ち上がった。何かわめきながら、彼に殴りかかった。

滅茶苦茶《めちゃくちゃ》なパンチで殴りかかる……。

アロハ男は、そのパンチを左腕で受け止めた。

「暴力は良くないな」と言いながら、相手のみぞおちに、右フックを軽く叩き込んだ。

相手は、グッとうめく。その体が、ゆっくりと崩れ落ちた。

僕や陽一郎が手を出すタイミングさえなかった……。

アロハの彼は、呼吸も乱れていない。僕と陽一郎にふり向いた。微笑したまま、

「そろそろ次のステージだろう？　にぎやかにストーンズでもやってくれ」と言った。


♪


20分後。僕らは、今夜ラストのステージに立っていた。

1曲目、リクエスト通りローリング・ストーンズの〈Time Is On My Side〉《タイム・イズ・オン・マイ・サイド》をやりはじめた。

ヴォーカルの唯を含め、ときどき遊び半分にやっている曲だ。

ふと見回せば、店内にアロハの彼の姿はない。

僕は、テレキャスターを弾きながら、彼とのやりとりを頭の中でリピートしていた。

年齢がわからない男だった。二十代の終わり頃にも見える。三十代にも見える。

印象に残ったのは、その冷静さだった。

僕らは、16歳の頃からあちこちの店で演奏してきた。横浜、横須賀《よこすか》、そして湘南一帯……。

そんなとき、酔った連中とのいざこざに巻き込まれる事もあった。ちょっとした喧嘩

になる場面も……。

そんな経験からしても、こういう状況で、あの男ほど冷静なやつを見たことがない。

何事にも動じないクールな表情……。

そして、素人のものとは思えないあの右フック……。相手を痛め過ぎない程度に、かなり手加減したフックだった。

そんな事を思い出しながら、僕はテレキャスターのフレットに指を走らせていく……。

〈Time Is On My Side〉が、最後のリフレインにさしかかっていた。


♪


「アメリカから、男友達が来る？」

僕は、ギターを弾く手を休めて、唯に訊《き》いた。

由比ヶ浜のゴタゴタから10日後。

僕らは、青山《あおやま》1丁目にある〈ブルー・エッジ・レーベル〉のスタジオにいた。

唯のメジャー・デビューに向けたリハーサルをやっていた。

そのスタジオにいるのは、４人。

メジャー・デビューする本人の唯、僕と従妹の涼夏。

そしてプロデューサーの麻田《あさだ》だ。

唯のデビュー曲になる〈Manhattan River《マンハッタン・リバー》〉。

そのアレンジについて、ピアノとギターを弾きながら、いろいろと意見を交わしていた。

それも一段落……。

唯のスマートフォンに着信。LINE《ライン》の画面を見た彼女が、

「あ、ジム、もう着いたんだ……」とつぶやいた。

唯がニューヨークにいた頃の男友達が、もう羽田《はねだ》空港に着いた。まもなくここにやって来るという。

2　NY《ニューヨーク》から来た男

唯は、12歳でスカウトされ、ジュニアモデルになった。ずば抜けたルックスで、彼女はたちまちテレビCFなどで人気になった。

そして、14歳のときアイドル・シンガーとしてデビューした。

ただし、本人は小さい頃からレベルの高い洋楽を聴き、それをピアノで弾いて育ってきた。

そんな唯にとって、アイドル・シンガーはただの通過点だった。

18歳、高校を卒業すると、日本の芸能界からもあっさりと卒業。ニューヨークにあるあのジュリアード音楽院に留学した。

そこで作曲法などを中心に学んできたようだ。

去年帰国すると、音楽活動を再開した。アイドルではなく、大人のシンガーソングライターとして……。

♪


「ニューヨークにいた頃、週末になるとよくお店で演奏したの」と唯。

「イースト・ヴィレッジにある小さな店で、よくピアノの弾き語りをやってたわ」と言った。そして、

「その店にジムという常連客がいて、わたしと仲が良かった。よく一緒に演奏したものよ」

「一緒に演奏?」と麻田。

「彼はミュージシャンだった?」と訊いた。唯は、うなずく。

「ギタリストよ。どっちかというとブルースっぽいギターが得意だったわ」

「という事は、プロだったのかな?」と麻田。

「セミプロね。家業のかたわら、ときどきスタジオ・ミュージシャンもやってたみたい」と唯。

「家業？」と僕。

「なんでも、酒店《リカー・ショップ》の跡継《あとつ》ぎで、音楽は半ば趣味だったみたい」と唯。

「よく、イースト・ヴィレッジの店の閉店後、わたしと二人だけで演奏したものよ。主にスタンダード・ナンバーを」

と彼女が言ったときだった。

スタジオの電話が鳴った。麻田がとる。

「唯ちゃんに、外国人のお客？　ああ、三階のAスタに案内してくれ」


♪


「ユイ！」という声が、三階の廊下に響いた。

エレベーターから彼がおりてきたところだった。

「ジム！」と唯が答えた。

僕は、かなり驚いていた。廊下を歩いてきたのは、白人の爺《じい》さんだった。

七十代、あるいは80歳ぐらいに見える。背が高く痩《や》せ型。真っ白な髪を後ろになでつけている。

チェックのシャツに、ストレート・ジーンズ。そして、ギター・ケースを片手に持っていた。

「ユイ、久しぶり！」と彼。そして、

「メジャー・デビュー、おめでとう！」

と言いながら、ギター・ケースを置き、唯を抱きしめた。そして、10秒……20秒……。

唯が、〈男友達〉というので、僕は勝手に二十代、三十代の男を想像していたのだ。

まさか、こんな爺さんとは……。

Ａスタに入ると、唯が、そのジムを僕らに紹介した。

「ジム・ハサウェイです、こんにちは」と彼が日本語で言った。

「日本語、上手ですね」と麻田が流暢《りゅうちょう》な英語で言った。すると、

「ユイが私に教えてくれました」ジムがまた日本語で言った。Ａスタに笑い声が響いた。

♪

「立派なスタジオだね。さすが日本だ……」とジム。あたりを見回して言った。

「ねえジム、疲れてなければ、一曲やりましょうよ」と唯が英語で言った。

「もしユイがよければ」とジム。「そのつもりでギターも持ってきたし」と英語で言った。

麻田は、微笑しながら、

「ぜひ聞かせてください」と相変わらず流暢な英語で言った。

僕は、それを聞きながらうなずいていた。

僕も涼夏も、そこそこの英会話ならできる。

というのも、うちの楽器店がある葉山にはアメリカ人が多い。主に横須賀基地に所属しているアメリカ兵。

その中には音楽好き、楽器好きも多く、よくうちの店に遊びに来る。

子供の頃から、しょっちゅう彼らと話しているうちに、僕も涼夏も、自然と英会話が身についていた。


♪


おっ……。

僕は胸の中でつぶやいていた。

ジムが、ケースからギターを出した。グレッチのフル・アコースティックだった。

それを膝にのせ、弦のチューニングをはじめた。大き目のフル・アコだが、背の高いジムにはそのサイズが合っている……。

ジムは痩せているけれど、その背筋はピンと伸びていた。

その姿を見ていた僕は、〈おっ……〉と胸の中でつぶやいた。

できる……と思った。

♪

ミュージシャンがその楽器を手にしたときに、その腕前がだいたいわかる。

いま、グレッチを膝にのせているジムは、リラックスしている。そして、動作に無駄がない……。

かなり弾ける……そんな雰囲気が彼の姿に感じられた……。

ジムは、スタジオにあるアンプの音量やバランスを調整している。

その準備も、手間どらず、すぐに終わった。

唯が「〈Always On My Mind《オールウエイズ・オン・マイ・マインド》〉なんかどう？」とジムに言った。彼がうなずいた。

あまりに有名なスタンダード・ナンバー。カントリーのW《ウイリー》・ネルソンをはじめ、E《エルヴィス》・プレスリー、あのペット・ショップ・ボーイズまでがカバーしている。

唯は、うなずいた。ピアノの鍵盤にそっと指を落とした。

キーは、D。

ゆったりとしたテンポでイントロが流れはじめた。やがて、唯が歌いはじめた。

D……A……Bm……D……G……。やがて、4小節が終わる……。

次の4小節がはじまる……。

D……A……。

そこで、ギターがさりげなく入ってきた。唯の後ろから、そっと背中を押すような、優しく美しく、少し哀感を感じさせるフレーズ……。

僕は、腕に軽く鳥肌が立つのを感じた。

隣りにいた麻田の動きが止まった。飲み物が入った紙コップを口に運ぶ手が、ぴたりと止まった……。

涼夏も、じっとアンプから流れるフレーズを聞いている……。

スタジオに、〈Always On My Mind〉がゆったりと流れている……。

しっとりとした唯の弾き語り。それを、後ろからささえるようなジムのギター……。

その曲がエンディングにさしかかったときだった。

「哲也《てつや》君、ちょっと」

と麻田。僕と彼は、スタジオから調整室に……。


♪


「考えている事は同じみたいだな」僕の方から麻田に言った。

防音ガラスの向こうのスタジオでは、唯とジムが次の曲をやっている。

「ああ……たぶん、同じ事を考えていると思うが、とりあえず君の考えは？」と麻田。

僕は、肩をすくめた。

「簡単さ。できるなら、ジムに唯のレコーディングで弾いてもらう」僕は言った。

「やはりそうか……」と麻田。

僕は、調整室のフェーダーの上に広げてある譜面《スコアー》を見た。

〈マンハッタン・リバー〉のスコアー。

そのイントロ……。唯のピアノをギターがバックアップする。そこは、僕が弾く事

になっていたのだが、

「ここは、ジムに弾いてもらうのがいいと思う」

と僕は言った。しばらく腕組みをして黙っていた麻田が、微《かす》かにうなずいた。

「そうか……。それじゃ、本人に交渉に行こうか」と言った。

麻田は、いまの日本の音楽業界で屈指《くっし》のプロデューサーと言われている。同時に、決断が早い。その事を僕はすでに気づいていた。


♪


「私が、ユイのレコーディングに？」

とジム。さすがに驚いた表情……。

麻田が、彼に話したときだった。〈唯のレコーディングでギターを弾いてくれないか。もちろん滞在スケジュールが許すならだけれど〉と……。

唯も、かなり驚いた顔をしている。

「これは、私と哲也君が話した結果なんだ」と麻田。ジムを見て、

「もし日本にしばらくいるのなら、ぜひお願いしたいのだけれど」と言った。

ジムは、少し当惑した顔をしている。そのとき、唯が口を開いた。

「ジム……どのぐらい日本にいるの？」と訊いた。

「2カ月ぐらいの予定なんだ。いろいろと用事があってね」とジム。麻田が、うなずいた。

「それなら、スケジュールは何とかなるかな？」と言った。ジムを見る。

「いまここで決めなくても、いいですよ。一日二日考えてみて、返事をくれませんか？」と言った。

やがて、ジムは微笑してうなずいた。

「考えてみます」


♪

「意外な展開だな」と麻田。さらに、

「〈思わぬ掘り出しもの〉と言ったら、ジムには悪いかな……」とつぶやき、軽く苦笑い。ジン・トニックのグラスに口をつけた。

本人のジムは、さっき帰っていった。

「さすがに疲れたよ、年寄りだからね。じゃ、今日は失礼する」と言ってグレッチをケースにしまう。これから滞在するホテルに向かうと言って、スタジオを出ていったところだ。

その15分後。麻田が一階のカフェから飲み物を取り寄せ、僕らは一息ついていた。

「掘り出しものか……」僕も唯も苦笑い。麻田は、うなずく。そして、

「さらに、もう一つ、掘り出しものがある」と言った。

「もう一つ？」と唯。カンパリ・ソーダを手にして訊いた。

「ああ、大きな掘り出しものさ」と麻田。

「それって？」と僕。麻田は、こっちを見て、

「君さ」と言った。

3　いま、君はミュージシャンになった

「そう、哲也君、君だ」と麻田。

「ギタリストとしてというより、ミュージシャンとしての君さ」と言った。

その場の全員が、麻田を見ている。

「君はさっき、自分が弾く予定だったイントロ部分を、ジムが弾いた方がいいのではと提案した」

と麻田。

「本来なら、唯ちゃんのメジャー・デビュー曲だから自分が弾きたいと思って当然だ。だが、君はそこはジムが弾いた方がいいと考えた」と言った。

僕はうなずいた。ジン・トニックに口をつけて、

「……あそこは、もちろん自分で弾いてもいい……。だけど、ジムがグレッチで弾くブルージーで翳《かげ》りのある音の方がより似合うと思った。それだけの事で……」と言った。

ブルース音楽がベースにあるような音色やフレーズを、アメリカ人はよく〈ブルージー〉と表現する。

それは、横須賀基地に勤務している連中から聞いた事だ。

麻田が、笑顔になった。

「やはり、一流のミュージシャンが、いま一人誕生したらしい」と言い僕の肩を叩いた。


♪


C_7……。サラリと乾いたピアノの音が、スタジオに響いた。

元キーボード・プレーヤーである麻田が、ピアノを前にしていた。

その指が、C_7、そしてFを弾いた。

「技術的に上手いギタリストなら、世の中にいくらでもいる」と言いながら、さりげなく$B^\flat$を弾く……。

「だが、いくらテクニックがあっても、自分が目立つ事ばかり考えているエゴなやつはダメだ。そんな連中が組んで演奏したら、こうなる」

と麻田。ピアノで、変な不協和音を弾いた。

「〈オレがオレが〉じゃなく、その曲が高いレベルで完成するためには、何が必要かを考えられる、それが一流のミュージシャンだ」

と言い、またFを弾いた。

「その意味では、哲也君はもう、腕利きのギタリストから一流のミュージシャンに成長した事になる。23歳の若さでね」

と言い、白い歯を見せた。唯もうなずいて、僕をじっと見つめている……。

♪

「わたしも、麻田さんの言う通りだと思う……」

と涼夏。割りばしを手にして、

「哲《て》っちゃん、また少し大人になったっていうか……」とつぶやいた。

午後8時。僕らは、横須賀線で葉山に帰ろうとしていた。

腹が減ったので、東京駅で買った弁当を車内で食べていた。巻き寿司のパックだった。

「哲っちゃんの弾くギターも、どんどん凄《すご》くなってる気がするし……」

「それって？」僕も割りばしを手にして訊いた。かんぴょう巻きをひと口……。

「以前は速弾《はやび》きが凄かったけど、最近はギターの音で何か語りかけてるような、そんなかなあ……」と涼夏。

「あんまり上手く言えなくてごめん」と言った。

僕は、微笑しながらうなずいた。

「わかるよ、サンキュー……」


♪


「あちゃ……」

涼夏が、思わずつぶやいた。電車が、大船《おおふな》駅を過ぎたときだった。

涼夏が、割りばしを手にして固まっている……。

すぐにわかった。

巻き寿司のパックの中に、ごく薄いビニールが入っている。緑色で、笹《ささ》の葉を形どったような、よくあるものだ。

涼夏は、それを口に入れてしまったらしい。食べられる何かと間違えて……。

♪

あれは、涼夏が中学2年の夏休み。

至近距離への落雷という不測の事故によって、視神経に深刻なダメージをうけてしまった。

普通だった涼夏の視力は、0・1以下に落ちてしまい、強度の弱視。それは、いまも少しずつ悪化している……。

そんな涼夏なので、ビニールで作った笹の葉を口に入れてしまったようだ。

彼女は、その薄いビニールを割りばしではさみ、目のすぐ前に持ってきた。

それをじっと見て、少し悲しそうな、半ばあきらめたような表情……。

僕は、まだ細いその肩をそっと抱いた。電車が、北鎌倉に近づいていた。

♪

「ブルースっぽく弾く爺さんか、面白そうだな」と陽一郎。

2本のスティックで、そばにある音楽雑誌のカバーを軽く叩いている。

午後3時過ぎ。葉山。

真名瀬《しんなせ》の海岸に面した〈しおさい楽器店〉。いま、店に客はいない。

「で、その爺さんは、かなり上手いのか？」と陽一郎。

「ああ、悪くない」と僕。

「そのうち、顔を合わせる事になるさ」と言った。

唯のレコーディング本番。そのドラムスは陽一郎に叩かせるつもりでいた。

そのとき、僕のスマートフォンが鳴った。かけてきたのは、麻田だった。

「あのジムが、レコーディングに参加してくれる事になったよ。いま、唯ちゃんから連絡があった」と麻田。

「そこで、さっそく明日、音合わせをしたいんだが、来られるかな？」

「もちろん」と僕。

「じゃ、午後の2時に来てくれ。で、涼夏ちゃんにも来て欲しいんだ」

「涼夏？」僕は訊き返した。目の悪い涼夏は、ほとんど僕と一緒に行動しているのだが……。

「彼女に関する事で、ちょっと相談があってね」と麻田。

透明で澄んだ涼夏の歌声。それを聞いた麻田が、シンガーとしてデビューさせる可能性を探っているのが、いまの状況だ。

相談とは、それに関する事だろうか……。

とりあえず、「了解」と僕。


♪


通話が終わると、僕は涼夏を見た。

売り物の中古CDを整理している彼女に、

「明日はまた東京のスタジオだ。それで、麻Pが涼夏に何か相談があるらしい」

と言った。麻Pは、プロデューサーの麻田を略したものだ。

「相談？　何かなあ……」と涼夏。

「まあ、行けばわかるさ」と僕。陽一郎を見る。

「明日も、店番を頼む」と言った。うちはいつも暇《ひま》な楽器店だが、臨時休業ばかりでは、さすがにまずい。

ギターやウクレレの修理を頼みに来るお客も、そこそこいる。

「店番か、わかった」と陽一郎。

やつは、すぐそばの真名瀬漁港に船を舫《もや》っている漁師の息子。

けれど、十代から僕らとバンドをやっている事もあり、漁業にはあまり興味がない。

最近では、弟の昭次《しょうじ》に漁をまかせる事が多いようだ。そのとき、陽一郎のスマートフォンが鳴った。その昭次かららしい。

「おう、ご苦労さん。アジが大漁か。少し持って来い」


♪


「しかし、そのジムっていう爺さん、唯に会うためだけに日本に来たのか？」

と陽一郎。アジの刺身を突《つ》つきながら、ビールに口をつけた。

午後7時半。楽器店の二階にあるリビング・ダイニングだ。

「さあな……。唯に会うだけじゃなさそうだ。用事があって、2カ月ほど日本に滞在すると言ってた」僕も、ビールのグラスを手にして言った。

同時に考えていた。心の隅にある疑問について……。

唯によると、ジムはニューヨークで酒店をやっているという。

そんな酒店の主人が、日本に用事があり2カ月も滞在するのは、なぜか……。

僕がその事を口にすると、

「しかも、帝国《ていこく》ホテルに泊まってるってすごいよね」と涼夏。ウーロン茶を飲みながら言った。

確かに……。

昨日の事だ。スタジオからホテルに向かうというジム。麻Pがタクシーを呼んであげようとした。

〈行き先は？〉と訊いた麻Pに、〈帝国ホテル〉とジムは言った。僕と涼夏は、顔を見合わせた。唯でさえ、かなり驚いた表情をしていた。

酒店の主人が泊まるにしては、帝国ホテルは豪華すぎないか……。

そんな謎も、心に消え残った。が、

「まあ、そのうちわかるだろう」と僕は言った。新鮮なアジの刺身を口に放り込んだ。

開けてある窓から、リズミカルな波音が聞こえていた。

「これか……」とジム。麻田が広げた〈マンハッタン・リバー〉のスコアーを見る……。

♪


午後2時。三階のAスタだ。

ジムは、真剣な表情……。スコアーをじっと見ている。

5分後。そばにいる唯に、「いい曲だ……」と言った。そして、

「君らしい歌詞だよ、素晴らしい」とつぶやいた。実感を込めた言葉だった。

「ありがとう、ジム」と唯。

「いや、私こそ礼を言いたい。こんな素晴らしい曲のレコーディングに参加できるなんて……」とジム。

そのときだった。麻田のスマートフォンが鳴った。麻田は、僕らから少し離れて通話しはじめた。

「ああ、ヒヤマさん、ごぶさたです。この前のキャンペーンでは、お世話になりました」と……。

どうやら仕事上の知り合いらしい。

「え？　ジムさん、ですか？」と麻田。相手が何か言っている。かん高い声が、漏れて聞こえる。

「ジム・ハサウェイさんという方なら、いまスタジオにいらっしゃいますが……」

と麻田。また相手が何か言っている。

「え……2日前から探し回っている？」と麻田。

「まあ、スタジオに来てもらうのはかまいませんが、いま打ち合わせ中なんで、2時間ほど後にしていただけますか？」

と言った。

それが誰かは知らないが、ヒヤマという人物がジムを探しているらしい……。

4　30秒の狙撃手

「広告代理店？」僕は麻田に訊き返した。

1時間ほど、ジムを含めて音合わせをやったところだった。

僕、涼夏、そして麻田はスタジオの調整室に行った。ガラスの向こうのスタジオでは、唯とジムが曲のイントロを弾きながら、なごやかに話している。

「ああ、ヒヤマさんという人は広告代理店で制作本部長をやってて、かなり長いつき合いなんだ」と麻田。

「楽曲の発売とテレビCFは、切っても切れない関係だからね」と言った。

そうか……。僕も、うなずいた。

あるミュージシャンの曲がリリースされるとき、テレビCFで使用される事はよくある。それで、曲がヒットする事も……。

「まあ、新曲の発売とテレビCFは、持ちつ持たれつの関係なわけだ」と麻田。

それで、麻田がヒヤマとの電話で〈この前はお世話に……〉と言っていた理由が、わかる。

「しかし、あのヒヤマさんが、なんでジムを探しているのかなあ……」と麻田はつぶやいた。そして、

「まあ、すぐにわかるだろう」と……。


♪


「涼夏を、バックコーラスに？」僕は思わず麻田に訊き返していた。

「バックコーラスというのとも、少し違うかな」と麻田。〈マンハッタン・リバー〉のスコアーを広げた。そして、

「ここなんだ」と指さした。歌詞は、全部英語だ。

〈マンハッタンの川を見つめて、いまは一人きり……

でも、わたしは信じている
いつかくる希望という名の明日……〉

そこは、いわゆるサビの部分。曲の中の聞かせどころだ。

「この、〈信じている〉のBelieve《ビリーヴ》と、〈明日〉のTomorrow《トゥモロー》、そこのフレーズに涼夏ちゃんの声を重ねたら、いい感じになるんじゃないかと思っててね」

と麻田は言った。

「たとえば唯ちゃんが、〈トゥモロー……〉と歌う、その声の残響《サステイーン》が消えていくところに涼夏ちゃんの声が重なって〈トゥモロー……〉が入る……。それはかなり効果的な気がするんだが……」

麻田は言った。

僕もイメージしてみる。

唯の声には、芯の強さが感じられる。その声がフェードアウトしていくところに、細くて繊細な涼夏の声が重なる……。

それによって、曲に陰影ができるかもしれない。……いや、できるだろう。

さすがに麻田、やるもんだ……。音楽業界きっての凄腕プロデューサーと言われるだけの事はある。

「そして、これは、涼夏ちゃんにとっても、いいリハーサルになるかもしれない」

麻田は言った。

そうか……。唯のレコーディングで歌ってみることは、内気な涼夏にとっていい経験になるかもしれない……。麻田は、それも考えているようだ。

本人の涼夏は、わけがわからずキョトンとしている。

そのとき、麻田のスマートフォンが鳴った。


♪


「あ、ヒヤマさん。あと30分ほど待ってくれませんか」と麻田。腕時計をチラリと見て言った。

「もう、一階ロビーに来てる……。わかりました。じゃ、三階のAスタに来てください」

と麻田。通話を切る。肩をすくめ、

「ずいぶん、あわててるなあ……」と苦笑い。

その5分後。ドアが開き、男が二人、調整室に入ってきた。中年と若い男だった。二人とも、洒落《しゃれ》たスーツとネクタイ。中年の方は、五十代だろうか。メタルフレームの眼鏡。髪が、かなり薄くなっている。

「あ、ヒヤマさん」と麻田。ヒヤマというその中年は、

「仕事中、失礼」と早口で言う。せかせかと、ハンカチで顔の汗をぬぐった。汗で曇った眼鏡もはずし、ハンカチで拭いている。

そして、僕を見た。

「な……流葉《ながれば》君、なんでここに？」とつぶやいた。


♪


「流葉？」僕は、つぶやいていた。

そのヒヤマという男は、度の強そうな眼鏡を手に持ったまま、僕を見ている……。そこで、

「ヒヤマさん、人違いですよ」と麻田。また苦笑い。

「彼は、あの流葉ディレクターじゃなく、ギタリストの哲也君、いま打ち合わせをしてたところなんで」と言った。

ヒヤマは人違いをしたらしい。

彼は、いま度の強い眼鏡を外している。逆に、僕はいま濃い色のサングラスをかけていた。

髪を少し伸ばし、濃いサングラスをかけていると、ときどき人違いされる事がある。

いつか、ギターケースを持ち、サングラスをかけて六本木のスタジオから出てきたとき、ある人気ミュージシャンに間違えられた事がある。

たまたま、彼がそのスタジオでリハーサルでもやっていたのだろう。ファンらしい女の子に声をかけられた。

彼と僕は、顔の形も背格好《せかっこう》もまるで似てないと思うが、濃いサングラスにはそういう効果がある。

そのヒヤマという男は、眼鏡をかけなおし、あらためて僕を見た。

「あ、これは失礼した」と言った。

「彼は新進ギタリストの牧野《まきの》哲也君、こちら広告代理店〈S&Wジャパン〉の制作本部長のヒヤマさん」

と麻田が僕らを紹介した。

ヒヤマは、いちおう僕に名刺を渡した。〈ヒヤマ〉は〈氷山〉と書くらしい。その氷山は、

「よろしく」と僕に言い、ガラスの向こうを見た。

スタジオでは、唯とジムが何か演奏の打ち合わせをしている……。

やがて、それも一段落。ジムが、こっちを見た。やっと氷山に気づいたようだ。


♪


「ミスター・ハサウェイ、ずいぶん探したんですよ」

と氷山。ジムの片手を両手で握りしめて英語で言った。その広い額《ひたい》は、また汗で光っている。

「それは手間をかけたね。私もいろいろ忙しくて……」とジム。

「じゃ、これから打ち合わせ、よろしいでしょうか」と氷山。せかせかと言った。

「ああ、打ち合わせか。じゃ、30分ほどなら」とジム。

「その……1時間いただけないでしょうか……」と氷山。

「じゃ、40分だな。ここの一階のカフェでやろう」ジムは言った。そして、

「すぐ終わるよ」と僕や麻田に言う。氷山たちと出ていった。


♪


「あ、それは絶対にいいかも……」と唯。ピアノを前にして言った。

曲のサビ。唯が歌うフレーズの後に涼夏の声を重ねる。その麻田のアイデアを話したときだった。

〈トゥモロー〉と〈ビリーヴ〉……。曲のキーワードになるそのフレーズで、涼夏の声を重ねる。

そのアイデアを聞いたとたん、唯が〈絶対にいいかも〉と賛成した。そして、

「さっそく、やってみましょう」

と涼夏の肩を軽く叩いた。

その部分、D_mからG_7をピアノで弾いて、「トゥモロー」と口ずさんだ。

涼夏も、半ば恐る恐る、それに続いて同じ音程《ピッチ》で「トゥモロー」のフレーズを口ずさんでみる。

たとえば鳥の翼《つばさ》が羽ばたくように、伸びやかな唯の歌声……。

その翼から離れて、フワリと宙に舞った一枚の羽根のように、細く繊細な涼夏の声……。

その二つが、絶妙な音空間を作っている……。

麻田が、じっと腕組みをしている。まばたきもしないその目は、真剣勝負をしているプロのものだった……。そして、微かに、だがはっきりとうなずいた。

♪

「そういえば」と僕。

「さっき、あの氷山って人がおれと間違えた流葉っていうのは？」と麻田に訊いた。

「ああ、流葉ディレクターか……」と麻田。「彼は、伝説的なＣＦディレクターなんだがね……」

「伝説的……」

「そう、すごいＣＦをたくさん送り出して、多くの広告賞をとってるんだが……」

「だが？」

「まあ、かなり扱いづらいというか……。気に入った仕事しかしない人なんだ」と麻田。

「うちでも、売り出したいミュージシャンのミュージック・ビデオの制作を依頼しようとしたんだが、全然ダメだった」

「断られた？」

「ああ、見事にフラれたね」と麻田は苦笑い。

「そのディレクターが、哲っちゃんに似てるの？」

と涼夏が訊いた。

「そういえば、背格好は同じぐらいかな……。しかも、スリムジーンズをはいて濃いサングラスをかけてる……。確かに、ぱっと見は似ているかもしれないな」と麻田。

「あの氷山さんが一瞬間違えたのもわかるよ」と言った。さらに、

「その流葉ディレクターは、氷山さんの広告代理店〈Ｓ＆Ｗ〉の仕事をよくやっていたからね……」と言った。

♪


「そのディレクターって、どういう感じで仕事をするのかな？」僕は訊いた。

麻田は、しばらく考える……。そして、

「ひとことで言えば〈狙撃手〉かな……」

「狙撃……」僕はつぶやいた。麻田は、うなずく。

「そう……。30秒、15秒のひたすら静かな映像に、人の心を撃ち抜くようなメッセージをつけてくるんだ。それは、確かに凄いとしか言いようがない」と言った。

「だから、業界では彼の事を、〈30秒の狙撃手〉などと言う人もいるね……」と麻田。

僕は、そのディレクターに、少し興味を感じはじめていた。

そのときだった。氷山たちとの打ち合わせを終えたジムが、スタジオに戻ってきた。

麻田が腕時計を見た。

「今日の仕事はこんなところかな。そろそろ一杯やりに行こうか」

5　枝豆はうまく食べられない

「ジム、それ、食べ方が違うよ」

唯が笑いながら言った。ジムが、枝豆を鞘《さや》ごと口に入れようとしたときだった。

僕らは、居酒屋にいた。麻田の会社〈ブルー・エッジ〉から歩いて5分のところにある店だ。

それは、ジムの希望だった。〈ごく普通の人が行く居酒屋に行きたい〉という……。

そこで、青山らしい小ぎれいな居酒屋に僕らは入った。

まだ時間が早いので、店はすいていた。僕らは、大き目のテーブルを囲んだ。

涼夏以外は、生ビールをオーダーした。そして、枝豆やフライドポテトなど……。

「なるほど、こうなんだね」とジム。唯に言われた通りに枝豆を口に入れた。生ビールをぐいと飲んだ。

♪

「そろそろ種明かしをしてくれてもいいんじゃないですか？」と麻田がジムに言った。

「種明かし？」

「ええ、唯によると、あなたは酒屋の主人だという。そうだとしたら、仕事の用事で日本に2カ月も滞在する理由はどんな事なんですか？」

と麻田。微笑しながら、

「しかも、大手の広告代理店の制作本部長が、あなたを必死で探していた……。それも不思議ですよね」と言った。

♪

「別に、隠してたわけでも、嘘をついてたわけでもないんだが……」とジム。フライドポテトを口に入れ、生ビールをひと口……。

唯を見て、

「確かに、話してない事はあるんだ」と言った。

「話してない事？」唯がジムをじっと見た。彼は、微笑してうなずいた。

「私は、本当にニューヨークにある酒店のオーナーだ。と同時に、あるバーボン・メーカーの経営者でもあってね」

「バーボン・メーカー？」と唯。

ジムは、うなずいた。ゆっくりと店内を見渡す。

青山の居酒屋なので、壁ぎわには洋酒もずらりと並んでいる。それをじっと見ていたジムが、

「ジャック・ダニエルの斜め後ろにあるバーボンを……」と言って指さした。

たまたま暇を持て余していたらしい若い店員が、ジムがさしたところを見た。

そこには、バーボンがずらりと並んでいる。J《ジャック》・ダニエルにひっそりと隠れるように置かれているボトルを手にとった。

「これですか？」と言い、そのボトルを持ってきた。

見慣れないバーボンだった。〈Red Rock〉とラベルに描かれている。

「うちの会社では、これを作っててね」とジム。

たとえばパン屋が〈こんな食パンを作っててね〉という感じの気軽な口調で言った。

けれど、それを聞いた麻田が、

「え、この〈RR〉?」と珍しく驚いた顔をしている……。


♪


「あなたが、〈レッド・ロック〉の経営者?」と麻田。

ジムは、ちょっと苦笑い。

「経営者と言っても、私は跡継《あとつ》ぎの三代目でね……。創業者は祖父なんだよ」と言った。

麻田が、僕らに説明しはじめた。〈レッド・ロック〉は、アメリカでは最も有名なバーボンの一つだという。

「日本にはあまり入ってないから、知ってる人は少ないが……」と麻田。

「私が、LAの支社に4年ほどいた頃も、よく〈レッド・ロック〉を飲んだよ。アメリカ人は、〈Red Rock〉を略して〈RR〉と呼んでたな。〈Los Angels《ロス・アンゼルス》〉を略して〈LA〉と言うようにね」

「ジム……そんな大きなバーボン・メーカーの経営者だなんて、ひと言も言わないで……」と唯。

「黙っていたのは悪かった。けれど、君と演奏をしていたあのイースト・ヴィレッジの店にいるときの私は、ただのギタリストだったからね」と微笑しながら言った。

〈ただのギタリストだった〉というより、〈ただのギタリストでいたかった〉という方が正確なのかもしれない……。僕は、そんな風に感じた。

「それで、帝国ホテル……」と涼夏がつぶやいた。

アメリカでは有名なバーボン・メーカーの経営者……。それなら、帝国ホテルに泊まるのもうなずける。

♪

「それで謎が一つとけたけれど、広告代理店〈S&Wジャパン〉の氷山さんが、必死であなたを探してたわけは？」

麻田が訊いた。

「たいして難しい話じゃないよ。この日本で、販売促進《はんばいそくしん》のための広告キャンペーンを展開する予定になってるんでね」

とジム。また枝豆を口に入れ、ビールを一口……。

「広告キャンペーン……」と麻田。ジムは、うなずく。

「うちの〈レッド・ロック〉は、いままでほんの少ししか日本に入っていなかった。ごく小さな輸入業者が扱っていてね。でも、これから本格的に日本での販売をするつもりなんだ」

「なるほど……日本上陸というわけか……。それで、広告代理店を使って？」と麻田。

「ああ。アメリカ本国で〈レッド・ロック〉の広告は、〈S&W〉本社が展開している。なので、日本でのキャンペーンとなると、なり行きで〈S&Wジャパン〉に話をもっていく事になるんでね……」

とジム。僕らは、うなずいた。〈S&W〉はアメリカに本社がある広告代理店という事らしい。

「なるほど、そんな事情だったんですね」と麻田。

「それで、2カ月もの間、日本に滞在する事に……」と言った。

ジムは、微笑し、

「ああ、日本でもバーボンの売れ行きはなかなか好調らしい。そんな日本への輸出量を大幅にふやし、広告キャンペーンを展開するには、本腰を入れてかかる必要があるんでね」と言った。

麻田や唯は、うなずいている。

そのとき、僕はふと店内を見ていた……。

少し離れたテーブルにいる2人の男に、さっきから気づいていた。

僕らが店に入ってすぐ、彼らも入ってきた。まるで尾《つ》けてきたように……。

そんな男たちの一人に、見覚えがあるような気がしていた。

あの由比ヶ浜のライヴハウスでの揉《も》め事。そのとき3人いたやつらの一人が、いま近くのテーブルにいる男のような気がした。

しかも、その2人はチラチラとこちらを見ている。

特徴のある顔ではないので、もちろん、記憶違いかもしれないが……。

「エダマメ、美味《おい》しいですね」と生ビール片手のジムが言った。

「なんか気になる……」と涼夏。箸《はし》を持ってつぶやいた。

♪


12時過ぎ。楽器店二階のダイニング。僕と涼夏は、昼飯を食べていた。

陽一郎のところから獲《と》れたてのアジが沢山きていた。刺身では食べ切れないので、アジフライにしていた。

視力の弱い涼夏のために、小骨までとったアジを、からっと揚げた。

そこに、ウスターソースを少しかけ口に運ぶ。

サクッと軽い音……。香ばしいフライの匂い……。

開け放した窓からは、微かに初夏を感じさせる海風が入ってきていた。

「何が気になるのかな？」僕はアジフライを食べながら、涼夏に訊いた。

「あの、ジムさんが話してた事……」と涼夏。

「バーボンの広告キャンペーンを日本で展開するって話か？」

訊くと涼夏はうなずいた。

「日本でもバーボンがよく売れるらしいから、広告キャンペーンをするってジムさんは言ってたけど、あの言葉、本当なのかなぁ……」

と小声でつぶやいた。

涼夏は、視力が弱いその分、ほかの能力が特別に発達している。

たとえば人が話した事の真実味などについて、ときには普通の人間が感じとれないような部分まで察知できるようだ。

確かに……。涼夏のつぶやきには、うなずける。

ジムが言ったこと……。

〈日本でもバーボンが売れるようだから、輸出量を大幅にふやし広告キャンペーンを展開する〉

それは、経営者としては当然かもしれない。

けれど……と思う。あのジムのキャラクターに、その言葉があまりしっくりこない……。

何か、微妙な違和感がある……。僕も、それを感じていたのだ。

その違和感が具体的にこうだとは、うまく言えないのだけど……。

僕は、アジフライにウスターソースをつけ口に運ぶ……。

そのとき、僕のスマートフォンが鳴った。

かけてきたのは、唯だった。


♪


「ギターの修理?」僕は唯に訊き返した。

「そうなの。ジムがギターの修理をして欲しいって」と唯。「それで、今日、哲っちゃんの店に行っていいかって」

「もちろん、かまわないけど」

「ありがとう。じゃ、ジムを連れて3時頃に行くわ」


♪


3時過ぎ。店の前にタクシーが停まり、ジムと唯がおりてきた。

ジムは、ギター・ケースを手に、ゆっくりと店に入ってきた。僕と涼夏に笑顔を見せてうなずいた。

「いい店だね」

「狭いけど……」と僕。

「いや、温かい雰囲気でいいよ。私の故郷、ルイジアナ州にもこういう楽器店があってね」とジム。

「13歳のとき初めてギターを買ったのも、こういう店だったな……」とつぶやいた。

僕は、うなずく。

「で、ギターの修理は？」

「ああ、そうなんだ。アメリカから長旅をしてきたからか、ペグが少しガタついてきたんだ」

とジム。ケースを開け、グレッチを出した。

「このペグのガタつき、修理してもらえるかな？」と言った。

僕は、うなずいた。確かに、ギターの弦を巻く部品のペグは、ガタつきやすいところだ。

♪

15分後。僕は、グレッチの簡単な修理を終えた。ジムが、

「ありがとう。修理費はいくらかな？」と訊いた。

「修理費はいらないよ。そのかわりに、ひとつ教えてくれないか？」僕は言った。

「教える？」とジム。唯も涼夏も、僕を見た。

「ペグのガタつきは、確かに少しあった……。けど、あんたほどのキャリアがあるギタリストなら、このぐらいのガタつきは、自分で簡単に直せるはずだ」

と僕は言った。ジムが、じっとこちらを見ている……。

「うちの店に来たのには、何か別の理由があるんじゃないか？」

僕は言った。

6　あの日、二人で〈抱きしめたい〉を歌った

唯も涼夏も、ジムを見た。

1分……2分……3分……。やがてジムは、苦笑いした。

「君は腕のいいギタリストらしいが、どうやら頭もいいようだね……」

とつぶやいた。

ジムは、ゆっくりと店の中を見回している……。そして、ドアの近くにある2本の釣り竿に目をとめた。

その2本の竿は、僕と涼夏が遊び半分に小物釣りをするためのもの……。小さなリールや仕掛けもついている。

「すぐそこが港だが、何か釣れるのかな?」とジム。

「小魚なら」僕は言った。

「それも悪くないな……。小魚でも釣りながら、話をしないか?」ジムが言った。


♪


10分後。僕らは、真名瀬港の桟橋にいた。

港に突き出したコンクリートの桟橋。そこで釣り糸をたれていた。

いまは4月の末。港を渡る風の中には、そこまで近づいている初夏の匂いが感じられた。

釣り竿を握っているのは、涼夏とジムだ。

僕と唯は、飲み物を片手に、それを眺めていた。

ジムの動作を見ていた僕は、〈ほう……〉と胸の中でつぶやいた。リールなど釣り具を扱うその動作が慣れていたからだ。

「ジム、釣りをよくやるの?」と唯が訊いた。ジムは微笑し、

「まあね……。子供の頃から、よくやったよ」と言った。仕掛けを海に入れた。

♪


釣りをはじめて10分。まだ魚の当たりはない。

「もしかして、釣りをするのが目的で、うちの店に?」僕は、ジムに訊いた。彼は、やや曖昧《あいまい》にうなずいた。

「君の店が、湘南の葉山にあると唯に聞いたものでね……」と言った。

へえ……と僕は思った。わざわざ小魚釣りをするために、湘南の葉山まで……。

そこには、やはり何か理由がありそうだった、何か……。


♪


「この前少し話したように、私の祖父は、アメリカ南部のルイジアナ州でバーボン造りをはじめたんだ」

とジム。海面を見ながらポツリと口を開いた。

「さまざまな試行錯誤はあったようだが、祖父はバーボンを完成させた。そして、〈レッド・ロック〉と名づけたんだ」とジム。

「そして、私の父は、それを販売する事に着手した。努力の結果、私が10歳になった頃には、〈レッド・ロック〉はかなりの数の店で売られるようになっていたよ」

「……事業の基礎が出来たのね」と唯。

「まあね……。とりあえず、ルイジアナ州をはじめ、アメリカの南部ではかなりよく売れるようになっていた」

♪

そのとき、釣り竿を握っていた涼夏が、

「あっ……」とつぶやいた。魚の当たりがあったらしい。

リールを巻きはじめた。……やがて、小さな海タナゴが上がってきた。

僕は、それをハリから外しそっと海に戻した。魚は泳ぎ去る……。

ジムが、また口を開いた。

「私が育ったのは典型的なアメリカ南部の田舎町で、祖父や父はバーボンの事しか頭になかった……。十代だった私には、そんな生活がひどく退屈でね……」

とジムは苦笑した。

「それで、ギターを？」と僕。

「ああ……。バスで30分ほど行った町にある楽器屋で、初めて安物のアコースティック・ギターを買ったんだ」とジム。

「安物だったけれど、嬉しかったな。毎日、8時間以上はギターを弾いてたよ。ブルースやカントリー系の曲が多かったが、人気のあるエルヴィスやビートルズもね」

と言い、また苦笑した。

♪

海面を、小魚の群れが移動している。

この春に、相模湾《さがみわん》で生まれた小魚の群れだった。3センチほどの幼魚たちが10匹ぐらい、銀色に光りながら泳いでいく……。

「あれは、私が19歳のときだった。父にある提案をしたんだ」ジムが口を開いた。

「提案？」と僕。

「ああ、たとえばニューヨークのような大都市に、直営店を開くのはどうかという提案を……」とジム。

「うちのバーボンは、南部の州ではそこそこ売れていた。けれど、全米での知名度はまだまだ低かった」と言った。

「そこで、ニューヨークにお店を？」唯が訊き、ジムはうなずいた。

「ニューヨークの中心に直営店を開けば話題にもなり、知名度が上がる可能性がある」とジム。

「その提案には父も興味を示したよ」と……。

「……で、その店は誰がやることに」僕は訊いた。

「それは、提案者である私がやるしかない」ジムは微かに苦笑し、

「父にしてみれば、〈まあ、やらせてみるか〉という感じだったな」と言った。

僕は、ちょっと考え、

「そんな計画には、もう一つの目的もあったのかな？」とジムに言った。

「もう一つの目的？」

「ああ、たいして考えるまでもない」と僕。

「ルイジアナの田舎暮らしに飽きていたあんたにとっては、ニューヨークでの暮らしが魅力的だった。違うかな？」

ジムは、釣り竿を手に苦笑い。

「相変わらず、鋭いな……」


♪


午後4時を過ぎ、夏ミカン色の光が海に反射している……。

「とにかく、私が21歳のとき、タイムズ・スクエアの近くに直営店を開いたんだ。店舗の経営に経験豊富な中年のマネージャーを雇ってね」とジム。

「で、うまくいったの？」唯が訊いた。

「まずまずかな……。かなり話題にはなったね。最初から大成功するなどとは思ってなかったから、売れ行きはあまり気にならなかったよ」とジム。

「そして、あんたはニューヨークで思い切り羽をのばしたわけか……」

僕は言った。ジムは、目尻にシワをつくって笑顔になった。

「まあ、そういう事。音楽仲間も出来て、彼らとセッションをしたよ」

「ほう……セッションではどんな曲を？」と僕。

「南部出身だから、ブルースやカントリー系の曲が多かったな……」とジム。

「そういう曲が好きな仲間たちと、小さな店でステージに立ったりもした」

と言い、しばらく海面を見つめている……。

「そんなある日の事だった。私は、一人の女性と出会った……」


♪


いよいよ本題に入る……。僕は、そう感じた。

立ち上がり、店まで歩く。冷蔵庫からビールを3缶出して、桟橋に戻った。ジムと唯に、1缶ずつ渡した。残りの1缶は自分用だ。

「ああ、すまないね」とジム。釣り竿をかたわらに置いて、缶ビールをひと口……。目を細め、海を見つめている。やがて、

「……その10月初め、うちの店に、一人の女性がアルバイトで入ったんだ」

と口を開いた。

「女性というか、女の子というか、19歳の日本人だった」

「日本人……」と唯がつぶやく。ジムは、唯を見た。

「ああ、君と同じように留学生だった。ニューヨーク大学に通いはじめたばかりだっ

た」とジム。

「その頃、日本人の留学生は珍しかったし、その……彼女はとても可愛いかった……」とジム。

「もちろん、アメリカ人に比べれば小柄だったが、黒い髪をポニー・テールにして、笑顔が明るかった……」とつぶやく。

そのシワの目立つ顔が、少年のように紅《あか》く染まったように見えた。

もしかしたら、赤みがかってきた陽射しのせいかもしれないが……。

僕は、缶ビールをひと口。

「その彼女に恋をした？」と言った。

ジムは、ただ小さくうなずいた。

「平凡な言い方だが、一目惚れってやつかな」とつぶやいた。

「で……恋人同士に？」唯が訊いた。

釣り竿を持っている涼夏も、ジムの横顔を見つめている……。

「まあ、幸運にも、彼女も私に特別な好意を持ってくれてね……。毎週のようにデートを重ね、二人の距離はすぐに縮《ちぢ》まっていった……」

カモメが二羽、僕らの視界をよぎっていった。

「デートはどんな？」と涼夏。

「……一番多かったのが、釣りかな？」

「へえ……」ジムの横顔を見て涼夏がつぶやいた。

「唯は知ってると思うけど、ニューヨーク、つまりマンハッタン島には桟橋が多くあってね」とジム。唯がうなずいた。

「特にマンハッタン島の南側には、フェリー乗り場や、小型ボートやヨットのための桟橋が多いわね」と言った。

「そう、そんな桟橋で私と彼女はよく小魚釣りをしたよ。釣っては放し、釣っては放し……。笑い合いながらね」

「彼女も釣りが好きだったの？」と涼夏。ジムは、うなずいた。

「ああ……。なんでもお父さんが釣り好きで、少女だった頃から一緒に行っててたらしい。なので、彼女は生き生きとした表情で、釣り竿を握っていたな……」

「お父さんと釣りに？」と僕。

「そう……。東京に住んでいた彼女は、しょっちゅうお父さんと湘南に釣りに来ていたという。葉山、鎌倉という地名をよく口にしていたよ……」ジムが言った。

僕は、胸の中でうなずいた。彼が、うちの店に来たその理由が、かなりわかった。

♪

海風が港を吹き抜け、海面の色が一瞬変わった。

「その年、ニューヨークの冬は寒かった……。雪もよく降ったが、私たちは幸せだった。週末は、ソーホーにある彼女の小さな部屋で過ごしたよ。私がギターを弾き、彼女がシチューを作った……」

「ギターを弾き？」と僕。

「ああ……。その頃、世界的に人気が爆発していたビートルズの曲を弾いて、二人で歌ったよ……。〈抱きしめたい〉〈プリーズ・プリーズ・ミー〉……」

とジム。過ぎた日のページをめくる表情……。

僕はふと思っていた。世界的にビートルズの人気が爆発していた……。〈抱きしめたい〉〈Please Please Me《プリーズ・プリーズ・ミー》〉……そんな頃の出来事なのだ。

ジムは、あえて抑えた口調で話している……。

僕はふと、ジムと彼女のその頃を、映画のワン・シーンのように想い描いてみた。

冬のニューヨーク。街角を歩く二人。

青年は痩せて背の高いアメリカ人。ギター・ケースを持っている。

彼女は、やや小柄な日本人。黒い髪はポニー・テール。スーパーの紙袋を両手でかかえている。

空からは、小雪が舞い降りている。二人が笑顔で何か言葉をかわすと、息が白い。

どこからか、クリスマス・ソングが聞こえていた……。

そんなワン・シーンを想い描いていた。その想像が、あまり外れてはいないだろうと思いながら……。

上空では、カモメが3、4羽、風に漂っている。ジムは、そんなカモメたちを見上げて、しばらく無言でいた……。

5分ほどして、ポツリと口を開いた。

「だが……」とジム。その横顔が、ふと曇り、

「そんな幸せも、長くは続かなかった……」とつぶやいた。

7　密告

「あれは、復活祭《イースター》が近づいた4月の初めだった……」とジム。

「店に行くと、その日バイトに来ているはずの彼女がいない。スタッフに訊くと、出入国管理局の人間が来て彼女を連行していったという」

と重い口調で言った。

「それって……もしかしてビザの問題？」唯がつぶやいた。

ジムは、うなずいた。

「彼女は、学生ビザでアメリカに入国していた。その場合、働いて収入を得る事は違法になる。その事は、わかっていたけれど、ほとんどの場合、それが当局に知られる事などないのに……」

「じゃ、なぜ？」と唯。

「私と彼女の関係を妬《ねた》んだ店員の誰かが、当局に密告したと思える。これは想像だが、たぶん当たっているだろう」

「……そうなのか……」

と唯がため息をついた。


♪


「私はすぐ出入国管理局に行ったが、勾留されている彼女に会う事はできなかった」とジム。

「１９６６年の当時、アメリカ社会はまだひどく保守的で前時代的だった。人種差別などが色濃く残っていたんだ」とジム。

「たとえば、人気絶頂のビートルズがアメリカに来てコンサートをやったときも、白人と黒人の客席が分かれていた。そんな時代なので、外国人留学生の彼女には厳しい処分がくだる恐れがあった……。最悪は、強制送還など……」

と言った。

「何か、手立ては？」と唯。

「とりあえず、ルイジアナに戻り、父に談判したよ」とジム。

「ニューヨークの店の法的なオーナーは父だった。その父が当局と交渉してくれれば、何か打開策が見つけられるかもしれないと思った。けど……私の話を聞いた父は、首を横に振った」

「それは？」と僕。

「彼女が、日本人だから……」とジムはつぶやいた。


♪


パイナップル色の斜光が、ジムの横顔を染めていた。

「父は、第二次世界大戦に召集されたんだ……」

とジム。

「太平洋戦争の末期、最悪の激戦地と言われた硫黄島《いおうじま》で下士官として日本軍と戦った……。それは知ってたが、父は当時の事をさらに詳しく私に話した……」

静かな声で言った。皆が彼の横顔を見ていた。

「その戦闘で、父は部下の兵士8名を失い、自分も負傷した。左脚に弾丸をうけ、一生涯、軽く脚を引きずっていた」

淡々とした口調で、ジムは話す……。

「父は言ったよ。戦争に駆り出された日米どちらの兵士が悪いわけでもない。それはわかっていても、いまだに日本人には複雑な感情を持ってしまうのだと……」

頭上を、また三羽のカモメがよぎっていく……。

「……だから、あなたと日本人の彼女の事は認められないと？」

唯が訊いた。

「そういう事だね」ジムは、微かにうなずいた。

「父との談判を諦《あきら》めた私は、ニューヨークに戻り、出入国管理局に交渉に行った。そこで、聞かされたのはショッキングな話だった。店は3カ月の営業停止。そして、彼女はおそらく日本に強制送還されるだろうと……」

ジムが、あえて感情を抑えているのがわかった。

「それを、まるで他人事のように話す係官に、かっとなった私は、相手の胸ぐらをつかんで引きずり倒した。……若かったんだな」

と苦笑い。

「それで？」と唯。

「倒れた係官は額《ひたい》から血を流し、私はその場で逮捕された」

とジム。缶ビールをひと口……。

「父がいやいや保釈金を払って私が出られたのは、1カ月後だった」

「で……彼女は？」僕が訊いた。

「係官が言った通り、すでに日本に強制送還されていた」

唯も、僕も、涼夏も、息を吞《の》んだ。


♪


年配の漁師が乗った小船が、ゆっくりと港に入ってきた。

「で、彼女との連絡は？」と唯。

「突然、そんな事になるとは想像もしていなかったから、彼女について知っている事は少なかった」とジム。

「名前は、タナカ・ヨウコ。東京育ち。そして、釣り好きのお父さん……。そんなところだった」

「タナカ・ヨウコ……。平凡過ぎる名前だな」と僕。

「ああ……。なんの手がかりにもならないと皆に言われたよ。だが」

「だが？」

「それから3カ月ほどして、彼女から店宛てに手紙がきたんだ」

「手紙……」と僕。

「ああ、私や店に迷惑をかけて申し訳ないという手紙だった。店が営業停止になったのも、私が逮捕されたのも知っているようだった」

「彼女の住所は？」

「書いてなかった。それで感じられた。彼女は私との事を諦《あきら》めたのだなと……」

相変わらず感情を抑えた口調でジムが言った。

「で、あなたは？」と唯。

「しばらくの間は、混乱と落胆かな……。それでも、半年後には日本に行こうと思った。いくら少ない情報でも、それをたよりに彼女を探しに……」

とジム。

「だが、日本への渡航ビザはおりなかった。出入国管理局で係官に暴力をはたらき、有罪になり、まだ執行猶予中の人間だったからね」

と言い、微かに苦笑した。

♪

漁師の小船は、湾の奥へ入っていく……。

その微かな曳《ひ》き波が、僕らのいる桟橋にも届いた。

「それから、私は毎年のように日本への渡航ビザを申請したが、10年間はビザがおりなかった」

とジム。

「出入国管理局のブラックリストに載ってしまったんだな……」と言った。唯が、うなずいた。そして、

「アメリカって、もちろん民主国家だけど、出入国する人にはかなりナーバスで厳しい部分もあるから……」とつぶやいた。

「ああ、不法入国者などがすごく多い国だからね」とジム。唯を見て、

「ユイも注意してたよね」と言った。

「ええ……。わたしが留学してた頃、あのトランプが大統領だったから」と唯。

「そうか……。彼は、アメリカにいる外国人に対してかなり厳しい姿勢をとってたな」

とジム。唯は、うなずいた。

「だから、イースト・ヴィレッジの店で演奏してたときも、ギャラは一切もらわなかったわ。人前で演奏できれば、それでいいとも思ってたから……」

と唯が言った。


♪


夕陽が、ジムの持っているアルミ缶をイエローに染めていた。

「とにかく、あっという間に10年が過ぎてしまった……」

「その後、彼女から手紙とかは？」僕は訊いた。ジムは、首を横に振った。

「一切来なかった。私に迷惑をかけた事がひどく心の重荷になったのだろうか……。彼女はニューヨークのあの6カ月を過去の事にしようとしているらしい。それは感じられたよ」

と淡々とした口調。

「私はもう31歳になっていたし、彼女は29歳になっているはずだ。そんな10年の間に何があっても不思議ではない」

「何があっても？」と僕。

「ああ。日本に戻った彼女は、それなりに新しい生活をしているだろう。結婚して子供を育てていても不思議ではない……」

そうつぶやくジムの横顔も、夕陽の色に染まっている。

「それを考えると、日本に行って彼女を探すという気持ちが、ゆっくりとフェードアウトしていくのを感じたんだ。アンプから流れたギターの音が、やがて消えていくように……」

とジム。

その横顔を見ていた唯が、

「ジム、あなたは結婚を？」と訊いた。ジムは、しばらく海を眺めていた。

「多少つき合った女性はいたが、結婚はしなかった……」静かな声で言った。

誰もが無言でいた……。

♪


港を渡る風が、少し涼しくなってきた。

「じゃ、ここに来たのは一種のセンチメンタル・ジャーニーなのかな？」

僕は、ジムに訊いた。ジムは、2缶目のビールを手にして小さくうなずいた。

「さっき話したけれど、彼女は、よくお父さんと釣りに行った。それも、東京から湘南に行ったと言っていた」

「ああ……」と僕。

「葉山や鎌倉で釣りをした……。とてものんびりしたいい所だったと彼女はよく言っていた」

とジム。ふっと深呼吸……。ゆっくりとあたりを見回す。

「彼女が言っていた通り、のんびりとしていい所だ……」とつぶやいた。

少女だった彼女が、父と一緒にやってきて釣り竿を握った湘南の海辺に、いま自分も来ている……。

その事が、いま彼の胸で切ないバラードを奏でているのだろうか……。

黄昏《たそがれ》の海を眺めていたジムが、ふと自分の目尻をぬぐったのに僕は気づいた。

♪


夕陽が、江ノ島の彼方に沈もうとしていた。

さっきから何か考えていた涼夏が、唯の耳元で何かささやいた。それを聞いていた唯が、うなずいた。そして、ジムを見た。

「涼夏から、質問があるの。英語で上手く言えるかどうかわからないから、わたしに訳して欲しいって……」

と言った。ジムが、うなずく。

「どんな質問かな？」

8 彼女との約束だけは、果たしたいから

　唯は、しばらく考えている。どう訳すか整理しているようだ。やがて、

「ジムは、アメリカで有名なバーボンの〈レッド・ロック〉を日本でたくさん販売するために来たと言ってるけど、それは本心なの？　そう涼夏が訊いてるわ」

と言った。ジムは、少し首をひねっている。

「うん？　本心かどうか？」と訊き返した。

　また涼夏が唯の耳元で小声でささやいている。

「ジムさんが、そんなに欲張りな人とは思えない。涼夏は、そう言ってるけど……」

と唯が言った。なるほど……。僕は、うなずいた。〈欲張り〉などという英語はかなり難しい。

その〈欲張り〉という言葉を聞いて、ジムは苦笑した。

「私だって、いちおう経営者だからね……」と答えた。

「でも……でも、きっと欲張りな経営者じゃない」と涼夏が言いはった。それを唯が訳した。

ジムは、また苦笑。3秒……5秒……10秒……20秒……。やがて、

「一番若いお嬢さんに、一番痛いところを突かれたね……」

と苦笑したままつぶやいた。


♪


夕陽は、江ノ島の向こうに沈んだ。

雲の下側はサーモン・ピンクに染まり、その上空にはまだ青が残っている。

「……あれは、彼女とつき合っていた頃だった……」

ジムが、ポツリと口を開いた。

「当時21歳だった私は、ようちの〈RR〉を飲んでいた。彼女の部屋でもね」

と言い黄昏の空を見上げた。

「そんな時、彼女に話したんだ。〈君が21歳になったら、ぜひこれを飲んで欲しい〉と……」

とジム。

僕はうなずいた。アメリカのほとんどの州では、21歳にならないと酒は飲めない。

「……だが、その3カ月後、彼女は日本に強制送還されてしまった……」

とジム。サーモン・ピンクの雲を見上げてつぶやいた。

涼夏が、その横顔を見つめている……。

「もしかしたら……その約束を実現するために、日本でお酒の大々的な販売を？」と言った。

ジムは、相変わらず黄昏の空を見上げている。

厚木《あつぎ》の米軍基地に向かうのか、飛行機の航行灯が一つ、点滅しながらゆっくり動いている。やがて、ジムは涼夏を見た。

「実は、その通りなんだ……」

♪

「幸いにも、〈RR〉のアメリカでの売れ行きはまずまず好調で安定している。あえて日本で大々的に売る必要はない。だが……」

とジム。言葉を切って深呼吸……。

「彼女に飲んでもらう、そのためだけに日本で広告キャンペーンを？」と僕は訊いた。

ジムは、ゆっくりとうなずいた。

「……私も、78歳になった。もう充分過ぎるほど生きたと思う。ただ一つの果たせてない約束だけが心残りでね……」

「それが、彼女に〈RR〉を届けること？」涼夏が訊いた。

30秒ほどして、ジムは、もう一度、はっきりとうなずいた。

「青くさい拘《こだわ》りと言われるかもしれないが、それはそれでいいよ……」そして、

「私が78歳の爺さんになったわけだから、彼女が無事に生きていれば76歳のお婆さんだ。この年齢《とし》になって再会したいとは思わないが、21歳のときの約束だけは果たしたいんだ」

と言った。僕は、うなずいた。しばらく考える……。

「そして、彼女と過ごしたその頃は、きれいな思い出のままにしておきたい？」

と訊いた。ジムは静かに微笑し、うなずいた。

「私が21歳のギター好きな青年だった頃だけを、彼女には覚えていて欲しい……。私も、彼女がポニー・テールの似合う19歳だった頃の姿を覚えておきたい……。それだけの事さ」

と言った。そして、

「少しセンチメンタルかな？」

と小声でつぶやいた。その横顔に、少年のような面影が漂っている……。

皆、無言でいた……。

厚木基地に向かう航行灯は、もう視界から消えた。

雲を染めているサーモン・ピンクの残照が濃くなっている。風がひんやりと涼しくなってきていた。


♪


2日後。プロデューサーの麻田から電話がきた。

「哲也君、急な頼み事があるんだけど、明後日《あさって》、東京に来られないかな」

と麻田。僕は、5秒ほど考え、

「たぶん、大丈夫だと思うけど」と答えた。とりあえず、急用はないはず……。

「そうか、よかった」と麻田。

「実は、ピンチヒッターを頼みたいんだ」と言った。

「ピンチヒッター？」

「ああ、ギタリストとしての仕事なんだが」と麻田。

「ギタリストとして……」と僕。「ずいぶん急な話だな」とつぶやいた。

「そうなんだ」

と麻田。説明しはじめた。

「中田《なかた》セリという新人のシンガーがいてね。インディーズ・レーベルで2曲をリリースしていて、つぎはうちでメジャー・デビューさせる予定なんだが、そこでトラブルが起きた」

「トラブル？　ギタリストが階段でこけて腕を骨折したとか？」

「まあ、そうじゃないようだ」

「じゃ、ヤクで捕まったとか？」

「それはそれでやばいが、そうでもないようだ。急に別の仕事が入ってたと言ってきてね」

と麻田。微かに苦笑しているのが、電話でもわかる。

「じゃ、ダブル・ブッキング？」

と僕。ダブル・ブッキングは、もちろん二重に仕事を入れる事だ。

「まあ、その辺はいま調べてるが、とにかく明後日には録音しないとまずいスケジュールなんだ」と麻田。

僕は、わかったと答えた。

「哲也君なら、初見《しょけん》でも楽に弾けると思うけど、あとでスコアーを送るよ」麻田が言った。


♪


夕方の5時半。イカを焼く匂いが、二階のダイニング・キッチンに漂っていた。

陽一郎がくれたマルイカを細切りにし、それをたくさん入れたお好み焼きを作っていた。

涼夏が、焼けるイカの匂いに、鼻をピクピクさせている。そうしながら、

「でも、その話ってなんか変な感じ」と言った。

「ギタリストが仕事をおりた事か？」

と僕。涼夏が、うなずいた。

「だって、麻田さんの〈ブルー・エッジ〉の仕事を突然おりるって、ミュージシャンとしたら大変だと思うけど……」

と言った。僕は、焼けたお好み焼きを涼夏の皿にとってやりながら、うなずいた。

確かにそうだ。

麻田の〈ブルー・エッジ〉は、音楽業界でも一、二を争うレーベルだ。

録音の寸前にそこの仕事からおりて迷惑をかけたら、当然のように〈ブルー・エッジ〉からの仕事がこなくなるだろう。

業界中にもその噂が流れるかもしれない。

そこまでして、麻田の仕事をおりるには、どんな理由があるのか……。

その理由は謎だ。

僕は、お好み焼きを作りながら、その理由を漠然と考えていた。

リビングに、イカの焼けるいい匂いが漂っている……。隅にあるミニコンポからは、〈Stand By Me《スタンド・バイ・ミー》〉が低く流れていた。

♪


「服を？」と涼夏が訊き返した。

横須賀線で東京に向かっているところだった。

昨日、麻田からファイルを添付したメールがきた。

急遽《きゅうきょ》、僕が弾く事になった曲のスコアーが、圧縮したファイルで送られてきた。

ファイルを開いて見れば、それほど難しいフレーズはない。3時間もあれば録音できるだろう。

そのメールには、ギャラの事も書かれていた。

〈急な仕事で、申し訳ない。ギャラはそれなりに考慮させてもらったよ〉

と麻田のメモ。そして、金額が書いてあった。

若いスタジオ・ミュージシャンが一日の仕事で受け取るギャラとしては、確かに破格《はかく》の金額だった。

業界で一、二を争うレーベルだけの事はある。

その金額を見つめて、僕はふと思った。涼夏に服でも買ってやろうと……。


♪


涼夏は、横浜で育った。

けれど、葉山が好きで、小学生の頃からしょっちゅう泊まりにきていた。

夏休みや、春休みはもちろん、週末になるとうちに泊まりにきていた。

そんな日々を送ってきたので、葉山の地元っ子のように育っていた。

そういう地元っ子らしさが一番あらわれるのが、服装だ。

海辺で暮らし海で遊んでいると、服はすぐ汚れたり、傷《いた》んだりする。

なので、服には無頓着《むとんちゃく》な子が葉山には多い。

涼夏も、そんな風に育った。

着古したTシャツやショートパンツ。すり減ったビーチサンダル。そんな格好で、海辺暮らしをしていた。本人は、それを全く気にしていないようだ。

というより、そんな生活を楽しんでいるようだった。

けれど、人並みはずれたその透明な歌声に、プロデューサーの麻田が注目した。近い将来、シンガーソングライターとしてデビューする可能性がある。そんないま、東京に行く事もふえてきた。だから、服装に、もう少し気を遣ってもいいだろう……。

今日の仕事では、かなりの臨時収入があるので、涼夏に服を買ってやろうと僕は思っていた。

やがて、電車は多摩川《たまがわ》を渡り都心に近づいていた……。

♪

「哲也君、じゃ、テイク1《ワン》いこうか」

調整室から麻田の声が響いた。

9　その服は、着ないで欲しい

午後1時過ぎ。〈ブルー・エッジ〉のAスタだ。
僕は、スコアーを前にして、フェンダー・ストラトキャスターを膝にのせていた。
やがて、すでに録音してあるドラムスのリズムがヘッドフォンから流れてきた。
曲のイントロ……。僕は、落ち着いてストラトを弾きはじめた……。

♪

「オーケイ」と麻田が言った。
イントロ、間奏、そしてエンディング。それぞれ、5テイクを録った。
いま、調整室でそれを再生しているところだった。

腕組みして聞いていた麻田が、うなずき、〈オーケイ〉と言った。そして、
「さすがだね」と言いながら、僕の肩を叩いた。
いまは、2時45分。録音をはじめて2時間もたっていない。
「お疲れ様。じゃ、一息つこう」と麻田。一階のカフェに電話をしている。

♪

録音スタッフたちがいなくなったAスタ。
「これは、さっきわかった事なんだが」と麻田。コーヒーを手に、
「音楽業界で、ちょっとした戦争がはじまるかもしれない……」とつぶやいた。
「戦争？」僕は思わず訊き返した。
麻田は、微かに苦笑。
「戦争というのは少し大げさかもしれない。が、ちょっとした嵐が来るかもしれない」
と言った。
「それは、今日の録音に関係してる？」と僕。麻田は、うなずいて、
「今日、このスタジオに来る予定だったギタリストが、急に仕事をおりた。それは、ど

う考えても不自然だ」

　僕は、うなずいた。そばで涼夏も聞いている。

「そこで、いろいろな手を使って調べた」と麻田。「その結果、わかった事がある」

「……それは？」

「そのギタリストは、ライバル会社に買収されたんだ」麻田が言った。

「ってことは〈ZOO《ズー》〉か……」

　僕は、つぶやいた。麻田がうなずいた。

〈ZOO〉は、〈ブルー・エッジ〉と並ぶ勢力がある二大レーベルの一つだ。

「〈ZOO〉がギタリストを買収した？」

「そう、あきらかに、こちらへの妨害だな。このところ連中の得意技になってる。哲也君なら、わかるよな」

　と麻田。確かに……。

　ついこの前、〈ZOO〉のプロデューサーから僕に連絡があった。

　高いギャラを払うから、唯のレコーディングからおりて、〈ZOO〉の仕事をしないかという話だった。もちろん、僕は相手にしなかった。

「連中、またそんな事を？」と僕。

「ああ、そうらしい」

「でも、金で転ぶミュージシャンは、それほど多くないと思うけど」

「私もそう思いたい。が、その状況がかなり変わってきたようだ。あまり油断はできない」麻田は言った。


♪


「中国資本？」

僕は、また訊き返していた。麻田が、うなずき、

「中国資本が、日本の不動産や土地を買いまくってるのは知ってるだろう？」

「北海道とか？」

「北海道だけでなく、日本のあちこちで買いまくってるらしい。実態はつかみづらいようだが」

「で……音楽業界にも中国資本が？」

と僕。麻田はうなずいた。近くにあるピアノでAmをサラリと弾いた。

「いま、全体的にCDの売り上げが落ちて、音楽業界の景気は良くない。あの〈ZOO〉でさえ楽ではないようだ……」

「そこへ中国資本が？」

「そうらしい。ある会社が、〈ZOO〉の株を買い占めて、経営権を握ったという情報だ。半年以上前に……」

「ある会社？」

「ああ、表向きの経営者は日本人で、日本人の社員もいるが、裏で操っているのはあきらかに中国資本だという」

と麻田。

「哲也君に〈唯のレコーディングからおりたら高いギャラを払う〉と持ちかけたとき、〈ZOO〉の経営権はすでに中国資本が握ってたようだな……」

と言った。

「しかし……中国資本にとって、音楽のレーベルを買収する理由は？」僕は訊いた。

「正確には、わからない」と麻田。また苦笑して、ピアノでFを弾いた。

「昔からあるジョークだが、豚とか羊とか、四本足のもので、中国人が料理しないのは

机だけだとか……」と言い、

「要するに貪欲《どんよく》なんだな。いまや世界を支配しようと考えているようだ。それがたとえ不動産の買収であれ、音楽業界への進出であれ……」

とつぶやいた。

「だが、油断はできない。連中に相当な資金があるのは確かなようだ。これから、うち〈ブルー・エッジ〉との間で一波乱起きるのは避けられない」


♪


「で、今回、〈ZOO〉に買収されたギタリストは？」

僕は訊いた。

「ああ、江本《えもと》。江本三郎《さぶろう》というギタリストだ。知ってるかな？」と麻田。

「あいつか……」僕は、つぶやいた。


♪

江本は、横須賀出身のギタリストだ。

僕より、かなり年上。29歳とか、もう30歳になっているかもしれない。

横須賀にある練習場の〈シーガル・スタジオ〉ではしょっちゅう顔を合わせていた。

ギタリスト同士なので、何回か話した事もある。

江本たちは、〈横須賀ミサイル〉という勇ましいネーミングのバンドをやっていた。

インディーズでは、1、2枚のCDを出したらしい。

けれど、よくある〈音楽性の違い〉とかでバンドは解散。

〈横須賀ミサイル〉は、空中分解した。

そこそこ弾けるギタリストの江本は、ほかのバンドの助っ人をやったり、スタジオ・ミュージシャンをやっているらしかった。

「なるほど、音楽の世界は狭いな……」と麻田。その指が、〈We're All Alone《ウィア・オール・アローン》〉のイントロを弾きはじめた。


♪


「わ……」

涼夏が小声を出した。青山三丁目にある店に入ったところだった。

カジュアルだが、洗練されたデザインの服が広いフロアーに並んでいた。さすがに、華やかな雰囲気……。

視力の弱い涼夏にも、それがわかるのだろう。入るなり〈わ……〉と声を出した。

もうすぐ初夏だ。僕らは、夏っぽい服が並んでる方へ……。


♪


「どう、哲っちゃん」と涼夏。試着室のドアを開けた。

まずノースリーブのワンピースを試着していた。青い花柄で、若々しい。

「なかなかいいよ」と僕は正直に言った。

「じゃ、もう一着も試着してみるね」と涼夏。


♪


5分後。

「どうかな……」と涼夏。試着室のドアを開けた。

もう一着の服を涼夏は試着している。それを見た僕は、思わずドキリとしていた。

いま涼夏が着ているのは、リゾートっぽい肩ひものワンピース。〈サン・ドレス〉などと呼ばれるものだ。彼女の胸元や肩が大胆に見えている。

それを見た僕の脈拍は、あきらかに上がっていた。

涼夏とは、小さな頃からともに過ごしてきた。
4、5歳までは一緒に風呂に入っていた。
けれど、いま肩を出したワンピース姿を見た僕は、あきらかに動揺していた。

まだ少女らしく、ほっそりとした首筋や肩。だけれど、発達しはじめている胸が、ドレスの上からでもわかる。

幼さを感じさせる首筋や肩の細さと、発達しかけている胸のアンバランス……。

そして、イルカのようにすべすべとした肌……。

この年頃でしかあり得ない不思議な輝きが、そこにあった。

僕は、しばらくその姿を見つめていた……。

「どっちがいいかなあ」と涼夏が訊いた。

僕は、少し考え、

「さっきのノースリーブの方がいいんじゃないか？」と言った。

「そだね。これ、露出度が高すぎて、ちょっと恥ずかしいし……」と涼夏が言った。

僕は、少しほっとしていた。

正直に言おう。

いま目の前にある涼夏の輝き……。それを、自分だけの記憶のファイルに、そっとおさめておきたかったのだ……。


♪


「でも、哲っちゃん、それって高いんじゃないの？」

と涼夏。僕がワンピースの支払いをしようとしていると、わきから言った。

視力が弱いので、プライスカードは読めないのだ。

「安くもないけど、たいした事ない。今日は臨時収入があったんだから、心配するな」

僕は言った。


♪

帰りの横須賀線。

涼夏は、シートで居眠りをはじめていた。僕の肩に頭をもたせかけて……。

けれど、買ってやった服が入った紙袋は両手で抱きしめている。大切そうに……。

伏せている長いまつ毛。去年の陽灼けが少し残っている頬……。あどけなさが残るその寝顔を、僕はじっと見つめていた……。心が、少し火照《ほて》っていた。


♪


その男が店に来たのは、3日後。午後4時だった。

ひと目でわかった。ギタリストの、江本三郎だった。

10　お前は、なんのためにギターを弾いてるんだ

「哲也、ちょっといいか？」

江本が言った。

僕は、うなずいた。ちょうど、3時間ほどかけて、依頼されたレス・ポールの修理を終えたところだった。

「外で話そうか」僕は言った。

店で中古CDの整理をしている涼夏には、聞かせたくない話かもしれない。

僕は、冷蔵庫から缶ビールを出した。

「飲むか？」と訊いた。

「酒は飲まないんだ。車で来てるし」

と江本。細い口ヒゲをはやし、伸ばした髪は後ろで束ねている。いちおう、ミュージシャンらしく見えるように気を遣っている。

僕は、冷えた缶ビールを手に店を出た。前には、アメ車のマスタングが停まっていた。新車らしい。真っ赤なオープンのマスタングだ。

以前、やつは中古のバイクで移動していたはずだ。それが、マスタングに変わったらしい。

そのマスタングのリアには、矢沢永吉《やざわえいきち》のステッカーが貼ってある。

江本は車のドアに軽くもたれると、セブンスターを取り出し、くわえ、火をつけた。煙をくゆらせながら、

「おれのピンチヒッターをやったそうだな」と言った。

〈まあね〉という感じで、僕は肩をすくめた。

「楽な仕事だった」と言い、缶ビールに口をつけた。

もう、初夏の気温になっている。冷えたビールがしみた。

♪

「ささやかな店だな」と江本。うちの〈しおさい楽器店〉を眺めて言った。

「しょぼくれた店と言いたいんだろう？」僕は苦笑しながら言った。

江本は無言。煙草の煙を吐いた。

店の前は細いバス通り。その向こうは真名瀬の海だ。潮風が、そっと吹いてくる。

「……ずっとこの店をやっていくのか？」ふと江本が訊いた。

「……わからないな。ギターの修理はなかなか楽しいし……」僕は、あえて淡々と言った。

江本は、少し馬鹿にしたような表情を浮かべた。煙草の煙を、ふーと吐いた。

潮風に、薄い煙が運ばれていく……。


♪


「専属契約？」僕は訊き返した。

「ああ、〈ZOO〉と専属契約を結んだ」と江本。

「仕事は定期的にくることになった。ギャラは、かなりの金額だ」と言った。

なるほど。それで、中古のバイクが新車のマスタングに変わったらしい。

「たっぷり稼げるギタリストか……。いいじゃないか」と僕。皮肉に聞こえたのか、

「なんとでも言え」と江本。

二本目のセブンスターをくわえ、火をつけた。

「金のためにギターを弾いて何か悪いか？」煙とともに吐き出した。

「悪かないさ」僕は、答えた。「人それぞれだからな」

「じゃ、お前は、なんのためにギターを弾いてるんだ」江本が訊いた。

僕は、しばらく海を眺めていた。

「とりあえず、弾くのが好きだからかな……」わざと言ってやった。江本は、予想通り微かな嘲笑《ちょうしょう》を浮かべ、

「青いな……」とつぶやいた。江本がそう言うと予想していた。僕は微笑したまま、海を眺めていた。


♪


「お前、少し前に〈ZOO〉の仕事を断ったんだってな」と江本。

僕は、うなずいた。

「いまは、〈ブルー・エッジ〉の仕事をしてるから」

「それは知ってるが、今後〈ZOO〉と契約する事も考えてみたらどうだ？　あそこは、金がうなってるぜ」

ついに江本が言った。

やはり、そうか……。江本は、〈ZOO〉に頼まれて、僕を買収しに来たらしい。少し前に〈ZOO〉のプロデューサーが持ってきた話を、僕が蹴った。なので、今度はからめ手で来たらしい。

「まあ、いちおう、考えておくよ」

と言った。江本は、うなずく。

吸っていた煙草を道に捨て、芝居がかった仕草で踏み消した。

「その気になったら、連絡しろ。〈シーガル・スタジオ〉の親父に訊けばおれの連絡先はわかる」

と言った。マスタングに乗り込んだ。

ゆっくりと動き出した車のリア。矢沢永吉のステッカーが、西陽をうけて光っている。

「あの人、なんの話だったの？」と涼夏が訊いた。

「ああ、この前ピンチヒッターをやった事への礼さ」

「嘘……」と涼夏。僕は苦笑した。この子に、単純な嘘は通用しない。

僕は、江本とのやりとりをダイジェストして話しはじめた。

それが、終わりかけたときだった。

店のドアが開き、陽一郎が入ってきた。魚が入ったビニール袋を持っている。

「いま、派手なマスタングに乗ってたの、〈横須賀ミサイル〉でギター弾いてた江本じゃないのか？」

「ああ」と僕。

「へえ……。あいつ、以前はくたびれたバイクに乗ってたのに……」

「だから、新しい車を自慢しに来たのさ」


♪

♪

「もうイサキのシーズンか……」

僕は、つぶやいた。

「さっき、かなりの数が網に入った」と陽一郎。イサキを刺身にしながら言った。

イサキは、初夏が旬の魚だ。脂がほどよくのった白身。どう料理しても美味《うま》い。

小骨まで硬い魚なので、陽一郎は丁寧《ていねい》にさばいて刺身にした。

僕は、その刺身をつまみながら、二缶目のビールを飲みはじめた。

涼夏は、イサキの刺身をご飯にのせて食べはじめた。


♪


「へえ、江本が〈ZOO〉と専属契約か……」と陽一郎。缶ビールをぐいと飲んだ。

そのときだった。僕のポケットで、着信音。取り出してみる。

かけてきたのは、唯だった。

「哲っちゃん、ちょっと急ぎの相談があるんだ」

「うん？」

「例のジムがやる広告キャンペーンの件で問題が起きて……」

「あれは、〈S&Wジャパン〉とかいう広告代理店が扱うんじゃないのか？」

「その予定だったんだけど、それがどうも上手くないらしくて、ジムは、わたしや哲っちゃんにも相談したいらしいの」と唯。

「それはいいけど、おれは、広告キャンペーンとかには、まるで素人だぜ」

「でも、ジムはあなたにも相談したいって。なんていうか、同じギタリストとして、哲っちゃんに信頼感を持ってるみたい」

と唯。

「しかも、なぜ日本で〈RR〉を売りたいかっていうジムの本心を、哲っちゃんや涼夏ちゃんはよく知ってるわけだし、何とか相談にのってあげて欲しいんだ」と言った。すぐに続けて、

「とにかく、明日、ジムを連れてそっちに行ってもいい？」

「まあ、いいけど……」


♪

「尾行されてる？」僕は思わず訊き返していた。

翌日の午後3時。唯から電話がきた。

〈なんか、尾行されてるみたいなの〉と彼女。

「確かか?」と僕。

唯は、青山にある〈ブルー・エッジ〉で、ジムと待ち合わせをした。そして、東京駅に向かったという。

「〈ブルー・エッジ〉を出たあたりから、2人の男に尾行されてるみたいで……」

「そいつらに、見覚えは?」

「わからないわ。顔はよく見えないし……。見覚えがあるような、ないような……」と唯。

「やつらの特徴は?」

「わりと若い。スーツを着てノーネクタイ。それしかわからないわ」唯が言った。

僕は、胸の中でうなずいていた。

あの、由比ヶ浜のライヴで邪魔をしたやつら。

そして、青山の居酒屋で、こちらをチラチラと盗み見ていたやつら……。

もしかしたら、共通する何かがあるかもしれない。

「いまは？」と僕。

「横須賀線のグリーン車でそっちに向かってるわ」

「やつらは？」

「同じ車両に乗ってる」

「わかった。とりあえず、逗子《ずし》駅でおりてタクシーに乗って……」


♪


「どうした」と陽一郎。船の舫《もや》いロープを手にして言った。

陽一郎と弟の昭次は、いま漁から帰ってきたらしい。

昭次が、獲った魚を船から岩壁に上げたところだった。

「ちょっと、鐙摺《あぶずり》の港まで行ってくれないか」僕は陽一郎に言った。

「鐙摺？　どうした」と陽一郎。

鐙摺の港は、同じ葉山にあるが、ここから2キロほど離れている。

「まあ、事情は走りながら話す」と僕。陽一郎はうなずき、船のエンジンをかけた。

11　探偵には、金がなかった

船首から、ザバッと水飛沫《みずしぶき》が上がる。

飛び散った水飛沫が、初夏の陽射しをうけて光った。

海中に立っている裕次郎《ゆうじろう》灯台のそばを通り過ぎ、鐙摺港に向かう。

5分ほどで、出入港口に……。スピードを落とし、入港する。デッドスローで、ゆっくりと岩壁に近づいていく。

岸壁には、小型の漁師船が舫われていた。

その上には、ナツキがいる。漁具の片づけをしているらしい。

ジーンズ姿のシナボンが、それを手伝っている。

ナツキは、いま19歳。地元で育った漁師の娘だ。

シナボンこと品田雅行《しなだまさゆき》は、僕らと同じ23歳。小学生の頃から、僕や陽一郎と同級だった。中学時代から、一緒にバンドをやっていた。

苗字がシナダ、そして大きな医院の息子でお坊ちゃん。なので、僕らは昔からやつを〈シナボン〉と呼んでいた。

シナボンは音楽の道には進まなかった。いまは、医大に通って外科医を目指している。

去年、シナボンとナツキは紆余曲折《うよきょくせつ》をへて恋人になった。

そんな二人は、僕らを見ると笑顔で手を振った。

「ちくしょう、幸せそうだな……」彼女のいない陽一郎が、苦笑しながら言った。

少し離れた岸壁に、船を着岸させた。

そのとき、岸壁にタクシーが停まり、唯とジムがおりてきた。

♪

「ジム、海に落ちないでくれよ」

と陽一郎が言った。唯とジムが、船に乗り込んだところだった。

船が離岸すると、もう一台のタクシーが岸壁に停まったのが見えた。

2人の男が、タクシーからおりてきた。確かに、スーツ姿にノーネクタイ。

けれど、こちらの船はもう離岸し、港から出ていこうとしていた。

「アディオス」舵を握っている陽一郎がつぶやいた。


♪


「コンテが、タコ？」

僕は思わず言った。

うちの店に着いて10分。やっと、一息ついたところだった。

もう夕方近い。僕とジムは、ビールに口をつけていた。

「〈S&Wジャパン〉のミスター・ヒヤマから、CFのコンテが出てきたんだけど、それが、どうしようもなくて……」

とジムは、渋い顔。バッグから、数枚の用紙を取り出した。

B4サイズの紙に、CFのコンテらしきものが描かれていた。さらりとした絵に、日本語と英語で説明書きがついている。

僕らは、それを見る。

〈A案　荒野の七人編〉
というタイトル。
〈テキサスの広大な平原。馬を駆り走っていく七人のガンマンたち〉
〈勇壮なヘリ撮影〉
〈やがて、たそがれの中で、焚き火を囲むガンマンたち〉
〈それぞれのグラスでバーボンを飲んでいる〉
Ｎａ《ナレーション》。
「荒野の七人は、今夜も七人。〈レッド・ロック〉を飲んでいる」
〈焚き火をバックに商品カット〉

僕は、あっけにとられていた。何だ、これは……。そして、次のコンテ。

〈B案　真昼の決闘編〉
〈テキサスの小さな町〉

〈がらんとした通りで、向かい合う保安官と悪党〉
〈腰には拳銃、決闘になるのか……〉
〈緊張感を漂わせたBGM……〉
〈緊張がピークに達したとき、二人が同時に素早くとり出したのはバーボンのボトル〉
〈やがて、酒場で乾杯する二人〉
Ｎａ《ナレーション》。
「二人で飲むなら、〈レッド・ロック〉」
〈酒場のテーブルで商品カット〉

僕の肩は、笑いをこらえ、小刻みに震えはじめていた。

〈Ｃ案　ハードボイルド編〉
〈ロスのダウンタウン〉
〈ほの暗いバーのカウンター〉
〈タフな雰囲気を漂わせた、私立探偵らしい男がグラスを前にしている〉

〈カウンターの端にいるセクシーな金髪女が、彼に色目を使う〉
〈が、探偵はそれには知らん顔〉
〈ゆっくりとグラスに口をつける……〉
Ｎａ《ナレーション》。
「男には一人で飲まなきゃならない時がある」
〈バーのカウンターで商品カット〉

僕は肩を震わせたまま、
「渋い……」とだけつぶやいた。吹き出す寸前……。
唯は、いちおう神妙な顔をしている。視力の弱い涼夏には、コンテの文字が読めない。
そこへ、
「よお」と言い、船の片づけを終えた陽一郎が入ってきた。

♪

「お前、笑い過ぎだぜ」

僕は、陽一郎に言った。

「そう言ったって、こんな笑えるのは、めったにないよ」と陽一郎。コンテを手にして、全身で笑い続けている。

「こりゃ、へたなコントより面白い」と言った。

「で、これを出してきた〈S&Wジャパン〉は、どんな説明をしてるの？」と唯がジムに訊いた。

「うん、ミスター・ヒヤマの説明だと、商品のバーボンを飲む人数を、7人、2人、1人と振り分けてみた、そんなアイデアだと言ってたよ」

と相変わらず渋い表情で言った。

「それが、アイデア？」と唯。かなりあきれた表情。

陽一郎と僕は、コンテを眺めている。

「〈荒野の七人は、今夜も七人〉って、いかしてるな」と陽一郎。

「うまい語呂合わせだ。座布団1枚だな」と僕。

「しかし、真昼の決闘はいいが、保安官と悪党が一緒に飲むのはまずいんじゃないか？」陽一郎が笑いながら言った。

「この悪党、実はいいやつだったのさ」僕が苦笑いして言った。

「ハードボイルドな探偵は、どうして自分一人だけで飲んでるんだ」と陽一郎。

「たぶん、金髪女におごる金がなかったんだ」と僕。


♪


「これらのコンテは、確かにアメリカ映画を安直にパクったものでしかない」とジム。

「その安直さはわきに置いたとしても、決定的にまずいところが二点あると思う」

と言った。皆がジムを見た。


♪


「まず、3本のコンテすべて、男が飲む設定になっている」

とジム。新しいビールに口をつけた。

「つまり、バーボンは男が飲むもの、男に似合うもの、そんな考えが根底にあるわけだが、それがあまりに古くさい」

とジム。

「アメリカでさえ、バーボンを飲む女性はすごく増えている。現に、ユイもよく飲んでいたよね」

と唯を見た。唯は、うなずいた。

「あのイースト・ヴィレッジの店で演奏したあと、軽く飲んだわ……」

「そう、ソーダで割ったバーボンを飲んでたな」

「ええ……。あなたが、バーボン・メーカーの経営者だとは知らずに……」と唯。

「ああ……君は〈レッド・ロック〉を静かな表情で飲んでいた……」

ジムが、しんみりとつぶやいた。

店の窓からは、低い角度の夕陽が入って、ギターの弦を光らせている。ミニ・コンポからは、M《マライア》・キャリーが歌うバラードが低く流れていた。

僕と涼夏は、思わず顔を見合わせていた。たぶん、同じ想像をしていたのだろう……。

そのイースト・ヴィレッジの店で、演奏が終わった深夜。

ゆっくりと、〈レッド・ロック〉のソーダ割りを飲んでいる唯。

ギターを膝にのせたまま、それを見ているジム。

そのときのジムは、唯の姿に、昔の恋人である彼女の姿を重ねていたのではないか……。

あの頃、果たせなかった事……。彼女に〈レッド・ロック〉を飲んでもらいたかった。

その思いを胸に、グラスを手にしている唯を見つめていたのではないか……。

僕は、そんな切ない情景を心の中に描いていた。

店に、M・キャリーの歌声が流れ続けている……。窓の外を、二羽のカモメがよぎっていった。

♪

「……そして、もう一点、これらのコンテに欠けている大事な要素がある」

とジムが言った。僕らは、彼を見た。

12　そのコンテなら、もうボツになったよ

トントントン！
リズミカルな音が、ダイニング・キッチンに響いていた。
店の二階のダイニング。陽一郎が、アジを叩きにしているのだ。
ドラムス・プレーヤーの陽一郎は、2本の包丁を使ってアジの身を細かく叩いている。
まるで2本のスティックを使うように……。
「ドラムスも叩けば、アジも叩く」と陽一郎が笑いながらつぶやいた。
夕方の6時近く。そろそろ晩飯の時間が近づいていた。
ビールのグラスを手に、ジムが口を開いた。
「まず、アメリカの広告と日本の広告には、基本的な違いがあると思う」

「違い？」

僕は、訊き返した。ジムは、うなずく。バッグから一冊の雑誌を取り出した。

アメリカの雑誌らしい。

その裏表紙。全面に〈レッド・ロック〉の広告がある。

テーブルの上。〈レッド・ロック〉のボトル。そして、バーボンを注いだグラス。

コピーは、〈ザ・バーボン〉だけ。

「ちょっと、そっけない感じ……」と唯。ジムは、うなずいた。

「そうだね。……だが、これがアメリカ的な広告なんだ。よけいな事は言わず、商品をストレートに出す事が多い」と言った。

「だが、日本では事情が違う」とジム。

「私も、少し勉強してきたんだ。うちの会社の宣伝担当役員と話してね……」と言ってウインクしてみせた。


♪

ジムは、ビールに口をつけた。

「特に酒の広告などの場合、日本では情緒的な広告が多いようだ」

と言った。僕も唯も、うなずいた。

「見る側の内面に訴えるようなエモーショナルな広告が、日本人にはうける。その事を私は勉強してきたよ」

とジム。

「その点からしても、このコンテはダメだ。ボツ」と言った。〈S＆Wジャパン〉から出てきたタコなコンテを手にとる。そばのテーブルに放った。


♪


いい匂いが、漂いはじめた。

陽一郎は、新鮮なアジの身を叩いて、細かくミンチにした。そこに、すったショウガと刻んだ浅葱《あさつき》を混ぜる。

それを小さなハンバーグのような形にし、油をひいたフライパンで、焼きはじめた。

いい匂いが、ダイニングに漂う……。

俗に〈サンガ焼き〉という素朴な漁師料理だ。

3分ほど両面を焼いて、完成。

「さて、この爺さんの口に合うかな……」と陽一郎。出来たサンガ焼きを皿に盛る。ジムの前に置いた。


♪


「これは……」とジム。サンガ焼きをひと口食べたところだった。どうやら絶句している。

「ダメかな?」と陽一郎。

ジムは、しばらく無言でいる……。やがて、顔を上げた。

「日本に来て、こんな美味いものを初めて食べた……」

とつぶやいた。

「いちおう銀座の一流店にも行ったよ。そこで出たものは、それなりに完成度が高かった。けれど、これは桁違《けたちが》いに美味いというか、味わいが心の奥まで届いてくる……」と言った。

そして、立ち上がり陽一郎と握手をした。

♪


「こんなCFが欲しい？」

唯が、ジムに訊き返した。

「ああ、この一皿の料理のように、心の深いところまで届く、そんなCFが欲しいんだ。日本でオンエアーするためには……」

ジムが言った。僕らは、うなずいた。

そのときだった。僕のスマートフォンに着信。麻田からだった。


♪


「そっちにジムは行ってないかな？　唯と一緒に」と麻田。

「どうやら、来てるみたいだ。いま、ここで、晩飯を食ってるよ」

僕は答えた。

「それが、何か？」

「ああ、いま〈S＆W〉の氷山さんと一緒なんだが、彼が心配しててね」

と麻田。どこかの店から電話をかけているようだ。周囲のざわめきが聞こえる。

「心配？」

「そう。昨日、ジムにテレビCFのプレゼンテーションをしたらしいんだが、その件でね」

「テレビCF……」

「ああ、ジムにプレゼンテーションしたそのコンテに自信がないらしくて、氷山さんはそれを心配してるんだ」

「心配する必要はないと思う。そのコンテなら、もうボツになったよ」

「ボツ……」と麻田。

僕は、なりゆきをざっと話しはじめた……。


♪


「やっぱりな……」と麻田。

「私もコンテのコピーを見せてもらったんだが、あれじゃなあ……」とつぶやいた。

近くに氷山がいるのか、声をひそめている雰囲気。やがて、

「氷山さん、そんなに飲まない方がいいですよ」と麻田の声……。氷山がやけ酒を飲んでいるのかもしれない。

「また、かけるよ」と言って麻田は通話を切った。


♪


30分後。また麻田から電話がきた。もう店ではないらしく、静かだ。

「氷山さんは、泥酔して帰って行ったよ。いかにも大手広告代理店の部長らしく見えても、気の弱いところがあってね」

と麻田は苦笑いの雰囲気。

「それにしても、困ったな。私の方にも、ある望みがあったんだが……」

「望み？」

「ああ、今回のジムの広告キャンペーンに、唯の新曲を使ってもらう事が可能かどうかという事なんだけどね」

「唯の新曲を……」

「そうなんだ。ジムのキャンペーンには、かなり大きな予算が用意されてるらしい。だから、CFのオンエアー本数も多い」

と麻田。

「しかも、ジムと唯の親密な関係は知っての通りだ。唯のメジャー・デビューを祝うためもあって来日したぐらいだから……。彼女の曲をCFに使う事に、ジムが賛成してくれる可能性もあると思う」と言った。

僕は、スマートフォンを耳に当ててうなずいた。

いま、ジムと唯はサンガ焼きを食べビールを飲みながら、楽しそうにしゃべっている。

「それが可能なら、確かにいい展開になるかも……」と僕はつぶやいた。

10秒ほどして、

「じゃ……哲也君、ちょっと力を貸してくれないか」と麻田が言った。


♪


「あそこか……」

僕はつぶやき、ブレーキを踏んだ。

鎌倉。由比ヶ浜通り。

地元の人間は、〈六地蔵通り《ろくじぞうどお》〉と呼んでいる、片側一車線のバス通りだ。
午前11時半。明るい初夏の陽が、〈流葉亭〉という小さな看板に射している。
店の前には、ベンツが停まっていた。大型の4ドアセダンだ。
僕は、その後ろに店のワンボックスを停めた。サイドシートには涼夏がいる。
すると、店のドアが開き二人の男が出てきた。若い男と中年男。二人ともスーツ姿。
その中年男は、〈S&W〉の氷山だった。
若い男がベンツの運転席に。
氷山は、車のリアシートに……。
氷山は、むかついた表情。やたら乱暴にベンツのドアを開け、乱暴に閉めた。
ワンボックスに乗っている僕らにはまるで気づかない。
ベンツは、ゆっくりと発進。由比ヶ浜通りに走り出ていく……。
僕は、車のエンジンを切った。涼夏と一緒に降りる。
店に入る前に、もう一度〈流葉亭〉という木の看板を眺めた。

♪

プロデューサーの麻田から、昨日、頼まれた。

〈あの店に行って、様子を見て来てくれないか〉と……。

〈30秒の狙撃手〉と言われるCFディレクターの流葉は、鎌倉に住んでいるという。

「鎌倉の由比ヶ浜通りで、〈流葉亭〉という洋食屋をやってるらしいんだ」

と麻田。

「で、いまはCFの仕事はしない?」

僕は訊き返した。

「ああ、何かよほどの事がないと仕事はしないらしい」

と麻田。

「もし彼が、今回のジムの仕事を引き受けてくれるような事があれば、展開は大きく変わるんだが……」

と麻田。

けれど、そんな交渉に僕が向くとは思えない。そう言うと、

「とにかく、まあ様子を見てきてくれないか」と麻田。

「噂だと、〈流葉亭〉はいい洋食屋らしい。涼夏ちゃんに、美味しいものでも食べさせ

てあげるつもりで」と言った。

確かに……。

ビンボー楽器店のうちでは、質素なメニューが多い。そして、海岸町なので、魚介類ばかり……。

なので、たまには涼夏を洋食屋に連れて行ってやるのもいいか……。

そんなつもりで、僕はここにやって来たのだ。

素朴な造りのドアを開けた。そのとたん、涼夏が、

「あ……」とつぶやいた。

13　おれは流葉、あんたは？

微かだけど、心を温かくするような匂いが漂っていた。

いい店に独特の匂いだ。涼夏が、鼻をひくひくさせている。

どうやら、玉ネギをフライパンで炒めている香り……。

「いらっしゃい」という声。

コックらしい白髪頭《しらがあたま》の爺さんが、カウンターの中にいた。

僕は、店を見回した。ごく普通の洋食屋。テーブルにはチェックのクロスがかかっている。飾り気はないが、温かい空気感が漂っていた。

いまほかの客はいない。僕らがテーブルにつくと、

「何にしましょう」とコックの爺さん。

僕は、オーソドックスにハンバーグを注文した。もう少しで〈肉のハンバーグ〉と言いそうになって苦笑い。コックの爺さんは微笑しながらうなずき、

「多少、時間がかかりますが……」と言った。


♪


「すごくいいコショウの匂い……」

と涼夏が小声で言った。この子の嗅覚は、人並みはずれている。すると、

「お嬢さん、いい鼻してますね」カウンターの中で、コックの爺さんが微笑して言った。

「何か、特別なコショウを使ってるとか？」と僕が訊くと、

「まあ、輸入物ですが……」とだけボソリと言った。それ以上の能書きはたれない。蘊《うん》蓄《ちく》もひけらかさない。

本物の料理人とは、こういうものなんだろう……。

そのとき、店の電話が鳴った。コックの爺さんは、手を拭いて受話器をとる。

「はい」とだけ言った。それでわかる相手らしい。

「いまさっき、氷山さんが来ました。ぜひとも頼みたい仕事があるとか……」

相手が電話の向こうで何か言っている。

「〈断ってくれたよな〉って言ってる」と涼夏がささやいた。相手が言った言葉を聞きとっている……。

嗅覚だけでなく、彼女の聴覚も桁違いに鋭い。

「ええ、若《わか》は釣りに忙しいから無理だろうと、氷山さんには言っておきました」とコックの爺さん。

「で、鯛釣りはどうでしたか？」と訊く。また相手が何か言っている。

「〈てんでダメだ。もうすぐ帰るよ〉って言ってる」と涼夏がささやいた。

「おまちどう」とコックの爺さん。

僕らの前に、ハンバーグの皿を置いた。すでにいい香りが鼻先をかすめる。

僕らは食べはじめた……。

ひと口で、うなった。ファミレスのものなどとは、完全に別物だ。

涼夏も、無言で食べている……。その目が少し寄っている、この子は、本当に美味しいものを口にすると目が寄るくせがある。

♪


「いやあ……」僕は、つぶやいた。ハンバーグを食べ終えたときだった。涼夏も、満足そうな表情……。そのとき、店のドアが開き、誰かが入ってきた。

「お帰りなさい、若」とコックの爺さん。

「また、鯛に振られたぜ」という声。

顔を上げると、見覚えのある顔……。視線が合う。

「お、ギタリストじゃないか」と相手が言った。


♪


あいつだった……。

由比ヶ浜のライヴハウスで、僕らが演奏していたとき、騒いで妨害しようとした連中がいた。その3人を、手際よく片づけた、あの男だった。

「久しぶりだな、ギタリスト」とあいつ。僕は苦笑い。

「これでも、いちおう名前はあるんだけどな」と言った。

「それもそうか。おれは流葉、あんたは？」

「哲也、牧野哲也」

と言うと、流葉はうなずいた。

やつが、〈30秒の狙撃手〉と言われるCFディレクターらしい。

スリムジーンズ。渋いアロハシャツ。

確かに、そんな着こなしと、背が高く痩せ型のところは、僕と共通している。

この前、僕が濃いサングラスをかけているとき、あの氷山に人違いされたのもわかる。

「で、哲也はこの辺の人間なのか？」と流葉。

「葉山一色《いっしき》」

「なるほど。で、うちの店には偶然に？」

「なんでも美味い店だと噂を聞いて」

僕が言うと、流葉は白い歯を見せた。

「ガンさん、どうやら葉山でも評判らしいぜ」

と言った。〈ガンさん〉と呼ばれたコックの爺さんは、無言。ほんの少し笑顔を見せ、
僕らに頭を下げた。

♪

「勘定はいらない？」

僕は訊き返した。ハンバーグの勘定をしようとしたときだった。流葉が、〈いらないよ〉と言ったのだ。

「この前は、いい演奏を聴かせてもらった。その礼さ」と流葉。

「湘南じゃ、しょっちゅうライヴをやってるが、ろくなのに出会った事がない」

と、つけ加えた。冷蔵庫から、瓶のＢＵＤを出してラッパ飲み。

「だが、あんたたちのライヴは良かった。あんたのギターも良かったが、特にあの女性ヴォーカルは悪くない。軽く鳥肌が立ったぜ」と流葉。

「あの演奏を、ジン・トニック２杯で聴けたのは、タダ同然だ。だから、きょうの勘定はいらないよ」と言った。

♪

「どうしても払う？」

今度は流葉が訊き返した。僕はうなずいた。

「あのライヴを気に入ってくれたのは嬉しいが、それはそれ。自分たちが注文して食った分は払うよ」僕は言った。

「頑固なやつだな」と流葉。

「よく言われるよ」

苦笑しながら言うと、流葉が、僕を見た。やたらに、人をまっすぐに見る目だった。

3秒……4秒……5秒……。

やがて、その目が微笑した。カウンターにいるガンさんを見て、小さくうなずいた。

♪

「お嬢さんに、ほんのサービスです」とガンさんが、テーブルに小皿を置いた。シャーベットらしい。涼夏の表情が輝いた。

「どうも」と僕は礼を言った。そのときだった。

スマートフォンを耳に当て話している流葉が、

「ああ、船で5時間走り回ったが、ダメだった」と言った。そして、

「もう、相模湾に天然の真鯛なんていないんじゃないか？　まあ、もう少し頑張ってみるけどな。あまり期待はしないでくれ」

そう言って電話を切った。


♪


「鯛か？」と僕。

「ああ、何がなんでも天然物の真鯛が食いたいとほざいてるオッサンがいてな……。仲がいいオッサンだから、鯛を食わしてやりたいのは山々なんだが……」

と流葉。

どうやら、さっき電話で話していた相手が、そのオッサンらしい。

確かに、今頃の真鯛は〈桜鯛〉とも呼ばれ、身に味がのっている。

流葉は、僕を見た。

「おれも、トローリングでカツオやマヒマヒを釣るのは得意なんだが、底物《そこもの》の真鯛はてんでダメだ。だいたい、ポイントになる根の場所がわからない」

と苦笑い。

僕は、うなずいた。鯛は、砂地ではなく、海底の根と呼ばれる場所にいるという。岩や海藻でできた根……。

その上にいるらしい。

なので、その根をピンポイントで狙わないと釣れない。それは、陽一郎や、そしてあのナツキに聞いた事がある。

流葉は、またBUDをラッパ飲みして、

「葉山あたりには、鯛釣りの上手い漁師がいそうなものだが……」とつぶやいた。

僕は、少し間を置いて、

「まあ、いないわけでもないな」と言った。

BUDを口に運ぶ流葉の手が、ピタリと止まった。

14　全力で、その日その日を生きている

「いる？　鯛釣りの上手な漁師が？」

流葉が、訊き返した。

「一人、知ってる」と僕。もちろん、ナツキの事だ。

「そうか……。もし良ければだけど、その漁師に訊いてくれないか？　真鯛釣りのポイントを」と流葉。

「もちろんタダでとは言わないが」と言いBUDに口をつけた。

「それはともかく、まあ訊いてみるよ」僕は言った。

そして、ハンバーグの支払いをしようとした。

「いらないって言ってるだろう」と流葉。

「いや、これは払う」と僕。

「頑固なやつだ」流葉が、また苦笑いして僕をまっすぐに見た。

結局、ハンバーグの代金は払って店を出た。店を出るとき、背中に流葉の視線を感じていた……。


♪


「おう」とシナボン。

船の上で笑顔を見せた。

午後3時。葉山。鐙摺の港だ。

コンクリートの岸壁に、小型の漁師船が舫われていた。この日の漁を終えて、港に戻ってきたところらしい。

その上に、ナツキとシナボンがいた。

ナツキは、いつも通り。膝たけに切ったジーンズ。〈げんべい〉のTシャツには、汗がにじんでいる。

シナボンもジーンズにTシャツ姿。陽灼けしたその顔や腕に、以前はなかった逞《たくま》しさが感じられる。

シナボンは、いま医大に通っている。将来は、外科医になるために……。

けれど、親父さんが横須賀で経営している大きな医院には入らないらしい。

とりあえずは、大学病院の勤務医として働くつもりだという。

シナボンが自分で決めた事だ。

ナツキは、船の上で漁具の片づけをし、船を洗っている。

シナボンがそれを手伝っている。デッキブラシを使って船の上を洗っている、そんなシナボンの腕にも汗が光っている。

その二人は幸せそうだった。

いまは、けして裕福ではないかもしれない。

けれど、自分たちの全力で、その日その日を生きている……。そんな充実感が、彼らの姿からは感じられた。

船の片隅にある古いラジカセからは、ビートルズの〈All My Loving《オール・マイ・ラヴィング》〉が流れている。

カセットテープが伸びて、少しテンポの遅くなっているビートルズが、港を渡る風に運ばれている……。

♪

「鯛釣りのポイント？」

　とナツキが訊き返した。

僕は説明しはじめた……。真鯛を釣りたいという人間がいる。が、振られてばかり。

「釣りは素人らしいから、根がある釣りのポイントが、まるでわからないらしい」と僕。

「で、ポイントを教えて欲しいの？」とナツキ。

「まあ、よければの話だけど」と僕。

「いいわよ」とナツキ。思いがけず、あっさりと言った。

「根がある緯度《いど》と経度《けいど》を教えればいいのね」と言った。

そばにあったメモ紙に、数字を書いた。

北緯《ほくい》の数字、東経《とうけい》の数字、それをすらすらと書いた。

　頭の中に刻み込まれているらしい。

「これをＧＰＳに入力してそこを目指せば、とりあえずポイントの真上にいけるはずよ」と言い、そのメモを僕にくれた。

僕は、スマートフォンを出す。さっき聞いた流葉の番号にかけた。

「おう」と流葉。僕は、ナツキがくれた緯度と経度を教えた。

「それで鯛釣りのポイントに行けるらしい」

「こいつは、ありがたい。さっそく明日、釣りに行くよ」と流葉。


♪


「シナボン、変わった……」

と涼夏が言った。車で店に帰るところだった。

「変わった……。どこが？」

「とりあえず、声や話し方」と涼夏。

「以前に比べると、なんかしっかりしたっていうか、自信がある感じ……」

とつぶやいた。

僕は、ステアリングを握ってうなずいた。

シナボンは、父親がやっているような医院……高額の治療費を払える患者を主に診療する、そんな医院のあり方に、はっきりＮＯと言った。

そして、自分がどんな外科医を目指すのかを決断し、人生の舵を切った。

たぶん、シナボンはいま、自分が選択した道が間違ってないという手応えを感じているのだろう……。それが、生き方の自信につながっているようだ。

僕は、それと同時に、こうも思っていた。

いつの日か、シナボンと父親が和解する事はできないのだろうか。

患者を治療する医師と医師として、理解し合える日は来ないのだろうか……。

それを考えながら、僕はステアリングを握っていた。

車は、葉山の海岸通りを走る。ショートパンツにタンクトップ姿の観光客が歩いている。

夏が近い。


♪


「釣れたかな……」

僕は、船の上でつぶやいた。

翌日。午後1時。

ナツキの漁師船で、葉山沖に出ていくところだった。船にはシナボンも乗っている。

海はべた凪《なぎ》だった。初夏を感じさせる陽射しが、海面に照り返している。

港を出て、15分。葉山沖の2海里《マイル》。

行く手に、一艘のプレジャー・ボートが見えた。

「あれね」とナツキ。舵を握って言った。

30フィートぐらいの真っ白いボートだった。

スピードを落とし、近づいていく……。

船の上には、流葉がいた。僕の姿を見ると、片手を上げてみせた。船には、もう一人乗っている。

こちらの船は、デッドスローでゆっくりと近づいていく……。

シナボンと僕が舫いロープを投げた。流葉たちが、それをつかむ。

二艇の船は、接舷《せつげん》し、僕らは流葉の船に乗り移った。

流葉の船にいるもう一人は、若い。まだ二十代だろう。派手なTシャツ姿で、サーフパンツをはいている。

「こいつは、リョウ。脳みそは不足ぎみだが、体力はある」

と流葉が言った。
「そりゃないっすよ」リョウというやつが口をとがらせた。
どうやら、流葉の手下らしい。僕も、ナツキとシナボンを紹介した。
「ほう、若い女の漁師さんか……」と流葉がつぶやいた。

♪

「ところで、釣れたか？」僕は訊いた。
流葉は、首を横に振った。船べりを目でさした。
釣り竿が、ロッドホルダーに固定されている。電動リールがついた竿だ。
リョウという手下が、そばにいる。どうやら、やつが釣りの係らしい。
「もう3時間もやってるけど、何の当たりもないっす」とリョウ。
ナツキが、その近くに行く。そして、吹き出した。
「なんかまずいっすか？」とリョウ。
「あの、この釣り竿、アジ・サバ用って書いてあるけど」とナツキ。
「え？」とリョウ。僕も、見た。確かに竿に、〈鯵・鯖〉と描かれている。

流葉もそれを見た。リョウに、

「これのどこが鯛用なんだよ」

「だって、アジとタイって……」

「あのさ、これはタイって読むんじゃなくて、サバだぜ、サバ」と流葉。そして、「お前の国語力が計算に入ってなかったな……」と
「これじゃ、ダメっすかね」とリョウ。リョウ。ナツキは苦笑したまま、

「まず、ダメね」と言った。

「バカ野郎、これ、どこで買ったんだ」と流葉。

「あの、上州屋《じょうしゅうや》で……。電動リールもついてて安かったんで……」とリョウ。流葉が、軽くため息……。

「やっぱり、お前に任せたのが失敗だったな」とつぶやいた。

僕らを見る。

「とりあえず、出直してくるよ。もし真鯛が釣れたら連絡をくれ。間違いなく買い取るから」

と言った。僕らは、ナツキの漁師船に戻る……。

♪


「そろそろ、潮が動きはじめるわね」とナツキ。

釣りの準備をはじめた。

ナツキの釣りは、脈釣り。竿を使わない手釣りだ。

いま、道糸を持ち、スルスルと仕掛けを海に流していく……。それを見ながら、

「一つ教えてくれないか」と僕。「いまこの船がいる位置は、根の真上じゃないよな」

と言った。

この船についているGPS。そこに表示されている緯度と経度は、流葉に教えたのと少し違っている。

「確かに、船がいまいるのは根の真上じゃないわ」とナツキ。

「それは？」

ナツキは、仕掛けをおろしながら、

「潮の流れ」と言った。

「潮か……」

「そう……。鯛釣りのポイントは、海中の潮の流れが速い場所がほとんど。だから、仕掛けはまっすぐ海底におりていかないわ」とナツキ。

「ここみたいに水深60メートルだったら、仕掛けが海底に着くまでに20メートルぐらいは、潮下《しおしも》に流される。それを計算しないと、仕掛けがうまく根の上に着かないの」と言った。

なるほど……。僕はうなずいた。

「本職の漁師でも、それができるのは少ないらしい」とシナボンが言った。

僕は、うなずいた。それで、ナツキは根がある位置を簡単に教えたらしい。根のある緯度・軽度がわかっても、たやすく釣れるわけではないから……。

やがて、仕掛けが海底の根に着いたらしい。ナツキの表情が、引き締まった……。

その3分後。

彼女の左手がひるがえった。道糸をしゃくり上げた！

15　ウマヅラなら幸せ

僕は、胸の中で叫んでいた。けれど、ナツキの手さばきを見ていたシナボンが、

〈かかった！〉

「鯛じゃないな。ウマヅラかな……」とつぶやいた。

ナツキもうなずき、軽い動作で道糸をたぐっていく……。

やがて、魚影が見えた。シナボンが言った通りウマヅラハギだった。けれど、かなり大きい。

ナツキが魚を針からはずし、シナボンに渡した。

「今夜はウマヅラの鍋だな」とシナボンが笑顔を見せナツキに言った。

ウマヅラハギは、カワハギの仲間。鍋にすれば、すごく美味い。

「鍋だと……ネギがいるな。あったっけ？」

シナボンが、ナツキに訊いた。

「家にあると思うわ」とナツキが答えた。

いま、シナボンは毎日と言っていいほど、ナツキの家に泊まっているようだ。

鐙摺港の近くにあるナツキの古い家に……。

僕は、そんなシナボンを見て、〈お前、本当に変わったんだな……〉と胸の中でつぶやいた。

去年までは、絵に描いたようなお坊ちゃん。

名門ゴルフ場のレストランで、３５００円のビーフカレーを食べていた。

そんなシナボンが、あの古びたナツキの家で、ウマヅラハギの鍋を突つくとは……。

「３５００円のビーフカレーより、彼女と食うウマヅラ鍋の方がいいらしいな」

僕は小声で言った。シナボンは、笑顔を見せたままうなずいた。

「やっと、わかってきたのかな」とつぶやいた。

「何が？」と僕。

「……そうだな……。簡単に言っちまえば、くだらない見栄や思い込みは捨てて、自分に正直になってみる事かな」

とシナボン。

「生きていく上で、心の底から幸せだと感じるのはどんな瞬間なのか、そいつが、やっとわかりはじめたらしい」

と、静かだが、はっきりとした口調で言った。

そして、苦笑い。

「正直言って、３５００円のビーフカレーはたいして美味くなかったよ」とつぶやいた。

よくポピュラー・ソングにある歌詞、〈結局は、愛がすべてだから……〉。

それは、歌詞だけでなく、もしかしたら僕らの人生の中にも実在するのだろうか……。

僕は、ふとそんな事を思いながら、また仕掛けを海に入れているナツキの横顔を眺めていた。


♪


それは、30分後だった。

ナツキが、鋭い動作で道糸をしゃくり上げた。

その表情が、さっきとは違う。引き締まった横顔。ぐいぐいと道糸をたぐっていく……。抵抗している魚と、やりとりをしはじめた。

その首筋や腕には汗が光っている。

「サイズは？」とだけシナボンが訊いた。

魚種はきかない。それが狙いの魚だとシナボンにもわかっているようだ。

「3キロぐらい」とナツキ。落ち着いた動作で道糸をたぐる……。

5分後。魚が海面に姿を現した。すでに、シナボンが大きな玉網《ネット》を用意していた。海面に浮いた魚を、素早くすくい上げた。

真鯛だった。

「まずまず」とナツキが白い歯を見せた。


♪


「いくら払えばいい？」

僕はナツキに訊いた。船が港に帰ったところだった。

クーラーボックスに入れた鯛を、僕は流葉の店に持っていこうとしていた。

「そう……」とナツキ。金額を言わない。この娘《こ》らしく、遠慮しているのだ。

「遠慮しなくていいよ。浜値だとどのくらいだ？」

僕は訊いた。漁師から仲買や店に売る、そのときの値段を浜値という。

「いまの時期のこの鯛なら、1万円ぐらいかしら……」とナツキ。

僕は、うなずいた。ジーンズのポケットから、札を出した。

プロデューサーの麻田が言っていた。この件に関して、必要な金は惜しまないでくれと……。

僕は、1万円札をナツキに渡した。

「とりあえず、ありがとう」

ナツキとシナボンに手を振る。鯛の入ったクーラーボックスを車に積み込む。


♪


「こいつは、すごい」

とガンさん。クーラーボックスから出した鯛を見てつぶやいた。

午後の4時半。流葉亭。

「3キロですね。真鯛としては、最も美味い大きさです」とガンさん。重さを測らないで即座に言った。

「5キロ、6キロのでかい鯛をありがたがる人がいるけど、それは素人です。そんな大きなやつは、あっしのような年寄りの魚で、味は落ちるんです」

とガンさん。

大きなまな板には、その真鯛。文字通り桜のような色の魚体。そこに鮮やかな藍色《あいいろ》が散っている。


♪


「こいつは……」

とガンさん。その鯛をさばこうとして、手を止めた。

エラの中を覗《のぞ》いている。

「活締《いけじ》めしてあるんですが、これは見事だ」

とガンさん。

「必要な所だけには刃を入れて血抜きをしてあるけど、それ以上は一切刃を入れてない……１ミリも余計に刃を入れてない……」

と言った。

「若によると、漁師は若い娘さんだそうですが」

とガンさん。そばで、流葉がうなずいた。

「こんな見事な血抜きの技を、生まれて初めて見ました……」ガンさんがつぶやいた。

僕は、うなずいていた。

船の上で、釣り上げた鯛の血抜きをしたのは、実はシナボンだ。

細身のナイフを鯛のエラから入れて、素早く血抜きをしていた。確かに、その手つきが見事だった。

「上手いな」とそれを見ていた僕が言うと、

「緊急手術のオペに比べりゃ、楽なものさ」

とシナボンは笑顔を見せた。

外科医になるための訓練が、意外なところで役立ったらしい。

「魚が最上級な上に、この締め方は真似のしようがない。たとえ銀座に店をかまえた最高級の店でも、こんな状態の鯛は手に入らないでしょう」

ガンさんが言った。流葉にうなずいて見せた。

♪


流葉が、電話で話しはじめた。

「おう、鏑木《かぶらぎ》か。社長はいるか？」

と流葉。やがて、相手が出たらしい。

「お望みのものが届いた。いま、ガンさんがさばきはじめたよ」と話している。

「ヴーヴ・クリコをありったけ？　わかってるさ」と流葉。白い歯を見せ、

「これを食ったら、明日撃たれて死んでも本望だろうと、ガンさんが言ってるぜ」

と何か物騒《ぶっそう》なやりとりをしている。


♪


「さて、いくら払おうか」と流葉。僕と向かい合って、

「5万でも10万でもいい。相手は、神奈川で最大のヤクザ、いや不動産会社の社長だからな」と言った。

「金なら、必要ない」と僕。

「金はいらない？　なら、何が必要なんだ」

「ずばり言おう。話を聞いて欲しい」

「話？」

「そう、あんたの嫌いなCFの仕事の話だ」僕は、苦笑しながら言った。

今度は、流葉が苦笑い。

「おれがCFの世界の人間だと知ってるようだな……」

「ああ、〈ブルー・エッジ〉の麻Pに聞いたよ」

僕は言った。この男に、半端な嘘やはったりは通じないと感じていた。

「麻Pか……」と流葉。

「あの業界じゃ、珍しくまっとうな男だな」と言った。


♪


流葉は、冷蔵庫からまたBUDの瓶を出した。

「言っておきたいんだが、おれはCFの仕事が嫌いなわけじゃない」

と言ってBUDをラッパ飲み。

「くだらない話しかこないから、蹴飛ばしてるだけさ」と言って苦笑した。

「まっとうな話なら、聞くと？」

「まあな」と流葉。冷蔵庫からBUDをもう1本、僕に差し出した。

「車なもんでね」

「気にするな。もうすぐ、あのリョウの馬鹿がくるから、帰りは葉山まで運転させるよ」


♪


10分後。僕と流葉は、テーブルで向かい合っていた。

二本目のBUDに口をつけ、

「あんたの話なら、聞いてもいいような気がする」と流葉。

「もし、その話におれが乗ったとして、あんたが得るものは？」と訊いてきた。

僕は、5秒ほど考える。得るもの……。

「何もないかもしれない」と言った。

「何もない？」と流葉。

「たぶん……」

言うと、流葉はこっちを見た。そして、

「物好きだな」とつぶやいた。またＢＵＤをひと口……。

「だが、物好きなやつってのは嫌いじゃない。損得ずくの人間ばかりが幅をきかす世の中だからな」

と言った。

窓から入る夕陽が、ＢＵＤのボトルに透《す》けている。店のオーディオからは、イーグルスの〈Desperado《デスペラード》〉が低く流れている……。

「オーケイ、聞くだけ聞こうか」

流葉が言った。

16　タイタニックには乗れなかった

「〈レッド・ロック〉……」と流葉。

「アメリカじゃ、〈RR〉と呼ばれてるバーボンだな」と言った。

「知ってたか」と僕。

「ああ、あんたぐらいの年齢《とし》の頃、カリフォルニアの大学に留学してた事があって、あっちではよく飲んでたよ」

と流葉。そして、

「あの〈RR〉がクライアントなのか？」と訊いた。僕は、うなずいた。

「ジム・ハサウェイという〈RR〉の経営者が、いま来日してる。日本で広告キャンペーンを展開するために……」

「ほう、あれほどの大メーカーのトップが、わざわざ日本に……」流葉がつぶやいた。

「ああ……。それには、2つの理由があって」

と僕。これまでの事情をダイジェストして話す。

シンガーソングライターの山崎唯。

彼女がニューヨークのジュリアード音楽院に留学していた。そのとき、ジムと親しくなった。

ジムは、〈RR〉の経営者であり、同時に優れたギタリストでもある。

なので、唯とは音楽仲間として友情で結ばれた。

その唯が、いよいよメジャーデビューする事になった。

「それを祝福する目的もあって、ジムは来日したんだ」

僕は言った。そして、

「その山崎唯ってのは、この前、あんたがライヴハウスで聴いた、あのシンガーさ」

「ほう……あの娘《こ》か……」

と流葉。その目が光った。

♪

「それを聞いて、わかったよ」と流葉。

「ギタリストのあんたが、ＣＦを作る仕事にからんでる、その理由が……」と言った。

僕は、うなずいた。

「唯のレコーディングでは、あのときライヴハウスに出てたメンバーでやる予定だ。そして、ジムもギターを弾くことになってるよ」

「ほう、〈ＲＲ〉のトップがレコーディングでギターを弾くのか……。という事は、あの唯と、〈ＲＲ〉のジムは、よほど強い友情で結ばれてるらしいな」と流葉。

僕はうなずいた。

「そこで、〈ブルー・エッジ〉の麻Ｐとしては、唯の曲を〈レッド・ロック〉のＣＦに使えればと思ってるみたいだ」

と僕。流葉は、うなずく。

「確かに、おれがつくるバラードっぽいＣＦに向いた歌声ではあるな……」

とつぶやいた。

♪

「妨害が？」

と流葉。3本目のBUDを手にして訊いた。

「あの唯は、麻Pの〈ブルー・エッジ〉からデビューする事になってるんだが、〈ZOO〉というライバルのレーベルがそれを妨害しはじめてる」と僕。

「音楽業界の内戦か？」

「いや、そういう事じゃなく、中国資本がからんでるようだ」

僕は、そのいきさつを簡単に説明した。

「中国資本か……。やっかいだな」と流葉。苦笑い……。

「かなりやばい展開になるかもしれない」僕が言うと、流葉はニヤリとした。

「やばい展開か、それも悪くないな……」とつぶやいた。不敵な表情……。

そろそろ陽が沈む時間だった。

「やばい話の続きは、明日にでも聞こう」

♪


「尾行されてる?」僕は、スマートフォンを手に訊き返した。

「やっぱり今日も連中に尾行されてる」と唯。

僕はうなずいた。唯とジムはまた横須賀線でこちらに向かっているという。

「オーケイ。じゃ、また逗子駅で降りて、タクシーに乗って」と僕は言った。

通話を切り、今度は流葉にかけた。

「やっぱり尾行されてるらしい」

「唯とジムの、どっちを相手は尾行してるんだ」と流葉。

「たぶん唯だが、もしかしたらジムも同時に……。こちらの動向を探ってるんだと思う」

「わかった。じゃ、とりあえず小坪《こつぼ》の港で会おう」

流葉がてきぱきと言った。

小坪は、葉山の隣り、逗子にある漁港だ。

「小坪かよ」と陽一郎。「これから網を上げに行くところなのに」と言った。

「まあ、ちょっとした寄り道じゃないか。魚は待ってくれてるさ」僕は言った。

真名瀬港の岸壁で、陽一郎の昭栄丸《しょうえいまる》に乗り込む。舫いロープをといた。

港を出ていく……。


♪


「こちら昭栄丸、とれるか？」

と陽一郎が船の無線を飛ばした。小坪の港まで3分の位置に来たところだった。

「こちらタイタニック、よくとれてるぜ」

流葉の声が無線から響いた。陽一郎が吹き出す。

「タイタニックかよ、ふざけてやがる」と苦笑い。

昭栄丸は、小坪港の湾口に近づいていく……。

ゆっくり入港すると、流葉の船はもう岸壁に接岸していた。エンジンをかけたまま。

クラッチは〈中立《ニュートラル》〉にして岸壁につけてある。

「タイタニック、ずいぶん小さくなったな」と陽一郎。

「予算の都合でな」流葉の声が無線から響いた。

昭栄丸は、すぐ近くの岸壁に接岸。僕らは、ロープで岸壁に舫った。

待つまでもなかった。タクシーが来て岸壁に停まった。

唯とジムがタクシーからおりてきた。唯が僕に手を振り、近づいてきた。

僕らが手を貸し、二人は昭栄丸に乗り込んだ。

舫いをとき、ゆっくりと離岸《りがん》して港の中央へ……。

そのとき、もう一台のタクシーが岸壁に停まったのが見えた。男が2人、あわてた足どりでおりてきた。

尾行してきたやつらしい。

岸壁から離れていくこっちの船を指さしている。

そのすぐそばの岸壁には、流葉の船がいる。2人の男は、それに走り寄る。

何か、船の上の流葉に言っている。

たぶん〈あの船を追いかけてくれないか、金は出す！〉

と言っているようだ。

流葉がうなずいたので、まず男の1人が岸壁から船に乗り移ろうとした。

そのとたん、流葉が船のクラッチをつないだ。

プロペラが回り、船は岸壁からすっと1、2メートルほど離れる。

乗り込もうとしていた男は、体のバランスを崩す。両手で宙をかく。

そのまま、海に落ち、派手な水飛沫が上がった。

流葉は、奴らに手を振るとさらに岸壁から離れていく……。

「タイタニックは乗船拒否か？」陽一郎が無線で言った。

「乗船料は高いんだ。やつらには、払えないよ。ちょうど泳ぐのにいい季節さ」と流葉。


♪


その15分後。

葉山。森戸《もりと》海岸。

流葉の船は、海岸から300メートルほどの沖に錨《アンカー》を打っていた。

夏を感じさせる陽射しが、穏やかな海面を叩いていた。

僕、ジム、唯は、陽一郎の昭栄丸から流葉の船に乗り移った。

陽一郎は、

「ひと仕事してくるよ」と言い、昭栄丸の舵を切る。仕掛けていた網を上げに離れていった。


♪


流葉の船には、中年男が一人乗っていた。

がっしりした体格の男だった。

「このおっさんは、CFプロデューサーの熊沢《くまざわ》で、こう見えてもただの酒飲みじゃない」と流葉が言った。

「ただの酒飲みは余計だ」とその熊沢。確かに、まだ午後3時なのに酒のグラスを手にしている。

僕は、唯とジムを流葉たちに紹介した。

流葉は唯を見ると、

「この前は、いいライヴだった。途中で邪魔が入ったが……」と言った。唯は微笑……。

そして、ジムと流葉は、短く固い握手。

「うちの会社で広告を担当してる役員から、あなたの噂は聞いてるよ」ジムが流葉に言った。

「たぶん悪い噂だな」と流葉。二人の笑い声が響いた。

アメリカに3年間留学してたというだけあって、流葉の英語はネイティブ・アメリカンのようだった。

そして、ジムと流葉が一瞬で意気投合したらしいのもわかった。

熊沢が、船のキャビンにある冷蔵庫から缶のBUDを出す。僕らに渡した。

キャビンにはコンパクトなオーディオがあるらしく、FMからの曲が流れている。頭上には、数羽のカモメが漂っている。

♪

「さっき海に飛び込んだやつだが」と流葉。

「この前、あのライヴハウスで騒いで妨害したやつらの一人だった。やつはおれに気づいてないようだが」と僕に言った。

「本当か？」

「ああ、最後、おれに殴りかかってきたやつだ。間違いない」と流葉。

「という事は、ライヴハウスの一件も、ライバル・レーベルの〈ZOO〉が仕掛けたのか……」僕はつぶやいた。

「まあ、その可能性が高いな」と流葉。そして、

「そこまで汚い手を使う……さすが中国資本だな」とつぶやいた。

「その件は、あとで〈ブルー・エッジ〉の麻Pに確かめよう。とりあえず、CFの件だ」

流葉が言った。

17　ギターは上手いが、嘘は下手

「これは笑えるな」と流葉。

〈S&W〉が出したコンテを一瞥《いちべつ》して言った。そばで熊沢も苦笑いしている。

「最近、氷山のダンナは高血圧らしいが、これでまた血圧が上がるな」

「ああ、そのうち血管がぶち切れるかもな」と流葉も苦笑い。


♪


「とりあえず、一つ質問をしていいか？」

流葉が、ジムに言った。

「一つでも二つでも……」とジム。

「この話を聞いたもので、昨日、アメリカで広告の仕事をしてる友人に電話して訊いたのさ。すると、〈レッド・ロック〉のアメリカにおける販売はすごく順調だという」と言った。

「そんな〈RR〉が、あえて日本で広告のキャンペーンを展開する理由が、見当たらないんだが……」

ジムをまっすぐに見て、流葉が言った。ジムは、肩を、すくめる。

「どの経営者も同じだと思うが、利益の追求に熱心ではおかしいかな？」と言った。流葉は、白い歯を見せた。

「あんたは、ギターが上手いそうだが、嘘をつくのはかなり下手だな」と言った。

♪

ジムは、BUDをひと口……。そして、苦笑い……。

「まあ、いずれテツヤから話を聞くはずだから、私の口から話そう」ジムは、空に漂っているカモメを眺めた。

「私は、アメリカ南部のルイジアナ州で生まれ育った……」ぽつりと話しはじめた。

ルイジアナの田舎町で育った一人の少年。

祖父がバーボンをつくり、父がそれを全米に広げていく。

やがて、21歳のジムはニューヨークへ……。

そこで知り合った一人の女性。

日本からの留学生で、名前はタナカ・ヨウコ。19歳。

ジムと彼女は恋に落ちた。

マンハッタンの熱い6カ月……。

が、留学ビザで渡米していたのに働いていた事が突然に発覚。

出入国管理局により、彼女は日本に強制送還された。

「それが、彼女との最後だった……」

とジム。海を見つめてつぶやいた。

「日本に帰国してからの彼女の消息は？」流葉が訊いた。ジムは、首を横に振った。

「東京育ち。よく父と一緒に、鎌倉や葉山に釣りに来た。わかっているのは、それだけだ」

と言った。

流葉は、水平線を眺めて何か考えている。

「もしかしたら、その彼女へのメッセージとして、〈レッド・ロック〉のCFを日本で流したいと？」

と訊いた。

ジムは、ゆっくりとうなずいた。

「あの日、ニューヨークのアパートメントで彼女に話した。君が21歳になったら、〈レッド・ロック〉を飲んで欲しいと……」

「……その約束を果たすために、日本でCFを流す？」

流葉が訊いた。ジムは微笑してうなずいた。

「センチメンタルと笑ってくれてもいいよ」と言った。

僕は、流葉を見た。何か皮肉を言ってジムをからかうかなと思った。けれど、流葉は何も言わなかった。無言で、カモメが漂う空と海を見ている……。

微かに揺れている船。海面を渡ってくる微風。

船のオーディオからは、〈Without You《ウィズアウト・ユー》〉が低く流れていた。

♪

流葉が、ジムを見て、

「この〈レッド・ロック〉のCFを作るとして、彼女、山崎唯の曲を使いたいと?」と訊いた。

ジムがうなずいた。

「プロデューサーのミスター・アサダもそれを希望しているようだし、私もそれが可能ならそうしたいと思う」

と言った。

「もし彼女の曲を使うとして、どんな曲を?」

「いまレコーディングの準備をしているオリジナル曲の〈マンハッタン・リバー〉」とジム。「静かだが美しいバラードだ」と言った。

流葉が、うなずきながら僕を見た。

「そいつは、この前のライヴで、ファースト・ステージの最後にやった曲だな」と言った。

僕は、少し驚いていた。よく覚えていたものだ……。

唯も、意外そうな表情で流葉を見ている。

「あれは悪くない曲だ。まだ耳に残ってる」と流葉。微笑した。

「確かにそうなんだが問題もあって……」と僕はつぶやいた。

「問題？」

♪

「ああ、その唯の曲をリリースするのに、例の中国資本の妨害が入りそうだ。現にもう入ってる」僕は言った。

流葉は、うなずいた。

「確かに、あのライヴハウスでの妨害や、さっきの間抜けな尾行は、そういう事なんだろうな」

と流葉。

「そう言えば、さっきうちのタイタニックに乗りそこなったやつが海に落ちるとき、中国語らしい叫び声を上げてたな……」と言った。

「じゃ、詳しい話を麻Pから聞こうじゃないか。おれは彼の電話番号を知らないから、かけてくれないか」

流葉が、僕に言った。

僕はうなずく。ポケットからスマートフォンを出し、麻田にかけた。2回目のコールで出た。

「哲也君か、いまは？」

「葉山沖でミーティングの最中さ」と僕は言った。

スピーカーのセッティングにして、スマートフォンを流葉に渡した。

「流葉だ。麻P、久しぶりだな」

「ああ、ごぶさた。〈流葉亭〉は相変わらずはやってるか？」

「まずまず。そういえば、あんたこの前、ショルダー・サイズの波に乗ってたな。朝のランニングをしてて、見かけたよ」

と流葉。

麻田は、いま四十代だろう。仕事中は、大学教授のような雰囲気だが、生まれ育ちは七里ヶ浜《しちりがはま》。かなり腕のいいサーファーでもあるらしい。

「あんた、もう若くないんだから、ショルダーの波に挑戦するのはやめとけよ」と流葉。

「ご忠告、ありがとう。で、話は山崎唯の件か？」

「ああ、いまクライアントのジムや天才ギタリストを交えて話してるんだが、中国がちょっかいを出してきてるようだな」

「そうなんだ。ライバル会社を買収して」

と麻田。中国資本が〈ZOO〉の経営権を握って、〈ブルー・エッジ〉に攻勢をかけている、その説明をした。

「向こうの〈ZOO〉でも、アメリカに留学してる女性ミュージシャンをデビューさせる計画があるんだ。同じ頃うちでは唯をデビューさせるから、まあ、これから全面対決になるな」

「なるほど……」と流葉。

「もし、彼女、山崎唯の曲が〈レッド・ロック〉のCFで流れたら？」

「そうなれば、こちらが圧倒的に有利になる。〈レッド・ロック〉のオンエアー本数はかなり多いからな……。そうなれば、やつらはさらに必死になるだろう」

「で？」

「これまでとはレベルの違う妨害工作をしてくるかもしれない」

「なるほど。で、やつらの目的はなんなんだ。中国共産党の連中がそれほど音楽好きとは思えないが……」

「間違いなく、金だな。やつらが言う世界への経済進出ってやつだ」

「正確に言えば、世界への侵略《しんりゃく》だな」と流葉。

「はっきり言うな」

「こういう性格なんでね」と流葉。スマートフォンを手に、白い歯を見せた。

海を渡る風に目を細め、何か考えている雰囲気……。


♪


翌日。午後3時過ぎ。

僕は、涼夏を連れてナツキの家に行った。

鐙摺の港のすぐ近く。路地の奥にある古ぼけた家だ。

漁網などが積んである玄関から、家の裏庭に回る。そこにナツキがいた。

彼女は、アジの干物を作っている最中だった。

開いたアジを、干物籠《ひものかご》に並べている。目の細かい網で出来た四角い籠。その中に、アジを並べていた。

こういう籠の中に並べておかないと、あっという間に鳶《とび》や野良猫に盗《と》られてしまうのだ。

「こんにちは」とナツキが振り返った。

「シナボンは？」と僕。

「今日は大学。実習があるらしくて」ナツキは、干物籠のチャックを閉じた。額の汗をぬぐった。

今日も、そこまで来た夏を感じさせる陽射しが、庭にあふれている。


♪


「サザエ？」とナツキが訊き返した。

「そうなんだ」

と僕は説明する。昨日、船の上で流葉たちといろいろ話した。

その最後、熊沢というプロデューサーのおっさんから、話を持ちかけられた。サザエが安く手に入らないかと……。

聞けば、熊沢は葉山の森戸で〈グッド・ラック〉という店をやっているらしい。

「簡単に言っちまえば、バーなんだが、最近の客がサザエなんかを食いたがってな」

と熊沢。葉山に漁師の知り合いがいないかと僕に訊いてきた。

「まあ、当たってみるよ」と僕は答えた。とはいえ、陽一郎のところでは、サザエやアワビは獲らない。

そこで、ナツキの家に来たのだ。

ナツキがサザエを獲るという話は聞いた事がない。けれど、知り合いにサザエ獲りなどをやる漁師がいそうだった。すると、

「ああ、トクさんがサザエを獲るの得意よ」

とナツキ。

トクさんは、鐙摺で釣り船をやっている人だ。同時に漁師でもある。

そして、ナツキの事を、実の孫のように可愛がっている……。

ナツキは、庭の隅に行く。地面に咲いている浜大根《はまだいこん》の紅い花を踏まないように、コンクリート塀のところまで行く。

「トクさん！」と塀の向こうに声をかけた。すぐに、
「おう、ナツキか」と、塀の向こうから声が聞こえた。家が隣りだったとは……。
「ちょっといい？」とナツキ。

18　ベンチャーズか、そんな頃もあったな

「サザエか、お安い御用だ」とトクさん。ナツキの庭に入ってくると言った。

「さっそく、明日の午前中に獲ってこよう」

明日の午前中は、潮が大きく動く。すると、サザエが活動的になり海藻の陰などから出てくるのだという。

そこで、話はまとまった。

「よろしくね」と僕はトクさんに言った。


♪

「なんか、ナツキさん、変わった……」

と涼夏がつぶやいた。一色の店に戻るところだった。

「変わった？　顔が？」と僕。

「顔はよくわからないけど、声が……」と涼夏。

「声が美人になったみたい」と言った。

僕は、うなずいていた。確かに、ナツキの話し方や声は変わってきた……。聴覚が敏感な涼夏には、それがはっきりとわかったらしい。

ナツキはこれまで、父一人、子一人でささやかに漁業をやってきた。

そのお父さんも、不慮の交通事故で他界。

事故の後遺症で自分の手も自由に動かなくなり、それでも細々とタコを獲り暮らしてきた。

そんな辛い生活だったので、ナツキの声は、確かに暗く硬い感じがしていた。

けれど、約1年前にシナボンや僕と知り合い、彼女の人生は変わった。

シナボンによるウクレレを使ったリハビリで、手の障害を克服。自由に魚を獲《と》れるようになった。

そして何より、シナボンという恋人ができた。

そのせいだろう。彼女の声が明るく柔らかくなったのは、はっきりとわかる。

〈声が美人になった〉か……。

僕は、苦笑いしながら涼夏の言葉を胸の中でつぶやいた。


♪


翌日。午後1時。

店にトクさんがやってきた。サザエが入っているらしいビニール袋を下げている。

「これ」と言い僕に渡した。かなり重い。

「ありがとう、いくら？」と僕。すると、

「あの、金はいらないから、これ、何とかならないかなあ……」

とトクさん。ギター・ケースを出した。えらく古ぼけたビニールのケース。

中から出したのは、これまた古ぼけたギター。

よく見ると、それは〈Mosrite《モズライト》〉。あのベンチャーズが使ったので有名になったギター だ。

最近は、見かける事も少なくなった。けれど、独特のボディー形状や細いネックが好きなオールド・ファンはいるようだ。

「これ、トクさんの?」僕は思わず訊いた。

「まあ、高校生の頃、仲間とベンチャーズなんかの真似をやっててね……」

トクさんは、ちょっと照れた表情。

「おれは漁師の息子なんだけど、やっぱり女の子にもてたくてさ……」と照れた表情のまま言った。

髪は五分刈り。深く陽灼けした顔や腕。

そんないかにも漁師という風貌からするとかなり意外だ。

けれど、トクさんはたぶん六十代後半。少年時代にビートルズやベンチャーズの曲を浴びて育った世代だ。

高校生の頃にバンドをやっていたとしても、何の不思議もない。

「このモズライトは、ずっと押し入れに突っ込んでたんだけど、この前この店に来てフェンダーのギターとか見たら懐かしくなってさ……」

とトクさん。

「すごく久しぶりにこいつをアンプにつないでみたんだけど、やっぱり音が出ないんだ。

直るかな?」と言った。

僕は、うなずいた。ギター内部の配線が経年劣化しただけだろう。

「もし直るなら、よろしく頼むよ」とトクさんが言った。

「たぶん直るよ」と僕。

「そうか」

トクさんは笑顔になった。陽灼けによるシミが散ったその顔に、ふと少年の面影がよぎった……。

♪

「おう、こいつはいいな……」

と熊沢。ビニール袋のサザエを見てつぶやいた。

午後3時。森戸海岸に面している熊沢の店〈グッド・ラック〉。

ビリヤード台を置いてあるバーだ。カウンター席とテーブル席が2つ。広くとった窓の外は、森戸の砂浜だ。

半分は趣味でやっている店だとわかる雰囲気だった。

スピーカーからは、湘南のローカル局らしいＦＭを流している。いまは、Ｎ《ノラ》・ジョーンズのバラードが低く流れている。

「で、サザエはいくらかな？」と熊沢。

「２０００円」と僕。

「そりゃ、安過ぎないか？　10個以上あるぜ」

僕は、説明した。さっきトクさんが持ってきたモズライトを、さっそく開けて中を見た。案の定、いくつかの部品が劣化している。その部品代を合わせても、２０００円ぐらいだ。

「そういう事」と僕。

「そうか、悪いな。とりあえず、一杯やっていけ」

と熊沢。もうＢＵＤの瓶とグラスをカウンターに置いた。


♪


「で、ＣＦの仕事を引き受けるのかな？」

僕は、ＢＵＤに口をつけて訊いた。

「あの〈レッド・ロック〉の仕事を、流葉が引き受けるかどうか？」

と熊沢。僕は、うなずいた。

「ああ、たぶん引き受けるな」と熊沢。グラスにジンを注ぎながら、迷わず言った。

「あんなやばい揉め事がからんでる仕事を？」

訊くと、熊沢はトニック・ウォーターをグラスに注ぎながらうなずいた。

「やばい揉め事がからんでても、気にせず引き受ける。流葉は、そういうやつで……。長くつき合ってるおれが言うんだから、確かだ」

と熊沢。ジン・トニックに口をつけた。

そのとき、店の電話が鳴った。相手の番号を見た熊沢が、

「噂をすれば、流葉からだ」と熊沢。


♪


「やる……。やっぱりな……」と熊沢。

どうやら、流葉は、仕事を引き受けるようだ。

「そりゃ、氷山のおっさんも、ジムも喜ぶだろう」と熊沢。しばらく話している。そし

て、

「しかも、あの娘《こ》の曲を使うのか……」

とつぶやいた。

またしばらく、熊沢は流葉と話している。

「なるほど……」などと言いながら……。

「しかし、そうなると、さらにやばくなるんじゃないか？」と熊沢。

流葉が何か言っている。熊沢は苦笑い。

「わかったよ。訊いたおれが馬鹿だった。じゃ、コンテよろしくな」と言い電話を切った。

「流葉は、仕事を引き受けるのか？」

訊くと、熊沢はうなずいた。

「予想通りさ」と言いまた苦笑い。

「トラブルがある仕事だとわかってても、まったく気にしないんだ。しかも、悪質な妨害が入りそうだとさらにやる気になる。困ったやつで……」

と熊沢。ジン・トニックをひと口……。

「そんなあいつと仕事をしてきて、おれも何回やばい目にあったことか……」

そう言いながらも、けして嫌がっていないのがわかる……。

「で、CFに唯の曲を使うのか？」

僕は訊いた。話の内容から、そういう事らしかった。

「ああ、彼女の〈マンハッタン・リバー〉を使うつもりらしい。しかも、唯本人をCFに出すとさ」

熊沢が、肩をすくめた。


♪


「唯本人をCFに出す？」思わず僕は訊き返していた。熊沢は、うなずいた。

「流葉によると、その理由は2つ。その1。あのジムも言うように、バーボンは男が飲むものという概念をひっくり返す」

「なるほど……。で、その2は？」

「彼女、唯が持ってる存在感だそうだ。普通のタレントやシンガーにない存在感だと流葉は言ってる。確かにそれはあるな」

と熊沢。僕も、うなずいた。

唯は人気アイドルとして十代を過ごした。

そして、18歳でアイドルの仕事を卒業。

ニューヨークのジュリアード音楽院に留学。

けして平坦ではなかっただろう4年間をアメリカで送り、帰国した。そして、シンガーソングライターとして、再出発しようとしている……。

そんな人生経験を積んできた唯には、確かに、普通のシンガーにない存在感がある。

「そこに目をつけるとは、流葉らしい」と熊沢が言った。

「それはいいが……」と僕。

「唯がそのCFに出たら、さらに曲がヒットする可能性が高くならないか？」と言った。

「たぶんな」

「そうなると、ライバルの〈ZOO〉、というより中国資本から送り込まれた連中の妨害が激しくなるんじゃや？」

「そうだろうな。けど、それは流葉のやる気に火をつけるだけだ」

熊沢は言った。さらに、

「あえてやっかいな道を選ぶ、そういうやつだから」と言い苦笑い……。

♪

FMから、イーグルスが流れはじめた。番組のナビゲーターがかわって、イーグルスの特集をはじめたようだ。

熊沢が新しいジン・トニックを作りながら、

「そしてもう一つ、流葉が本気でこの仕事をやる気になった理由があるようだな……」

とつぶやいた。

「……もう一つの理由?」

19　右のポケットには1ドル、左のポケットには無限の夢

「もう一つの理由？」

僕は訊き返した。熊沢は、うなずく。ジン・トニックをひと口。

「流葉が、カリフォルニアの大学に留学してた事は聞いてるよな？」

「ああ……」僕は言い、ＢＵＤに口をつけた。

熊沢は、淡々と話しはじめた。

流葉は、ＬＡにある南カリフォルニア大学に留学していたという。

略してＵＳＣと呼ばれているその大学の、映画学科に流葉はいたらしい。

「ＵＳＣの映画学科といえば、あの〈スター・ウォーズ〉で有名な監督のジョージ・ルーカスも卒業したところだ」と熊沢。

「そこで映画の勉強をはじめた？」

「流葉も、最初はそのつもりだったらしいが、しだいにCFの方に興味が移っていたようだ」

「CFに……」

「ああ、3時間の映画を作るより30秒のCF作りに、はっきりと照準を移していったと言ってるよ」

と熊沢。ジン・トニックをひと口……。

「そして、その頃の流葉には恋人がいた」


♪


店のスピーカーからは、イーグルスの〈New Kid In Town《ニュー・キッド・イン・タウン》〉が流れはじめていた。

「彼女は里美《さとみ》という娘《こ》で、カリフォルニアで育った日系人だったらしい」と熊沢。

「留学はしたものの、途中で金が続かなくなった流葉は、彼女の部屋に転がり込んだ、そして一緒に暮らしはじめたそうだ」と言い、

「二人はLAの片隅で貧乏暮らしをしてたようだが、まるで苦にならなかったと流葉は

言ってたな」

僕は小さくうなずき、ＢＵＤをひと口。

熊沢も、グラスに口をつけ、

「右のポケットには1ドルしかなくても、左のポケットには無限の夢がある、そんな年頃だったんだな……」とつぶやいた。

僕は、おやっと思った。おっさん、やけに洒落たセリフを吐くじゃないか……。


♪


ＦＭから流れる曲が、〈Tequila Sunrise《テキーラ・サンライズ》〉に変わっていた。

「やがて流葉は決心したらしい。ＵＳＣを中退して、ＣＦの仕事をすると。そして、ＬＡの広告代理店に入る事が決まった」

と熊沢。

それを祝うために、流葉と恋人の里美はレストランに行ったという。

「ところが、店を出た夜道で、メキシコ人のチンピラに金をたかられそうになったという」

と熊沢。

「あいつは殴り合いにかけては凄腕だから、そのチンピラたちを叩きのめした。……が、やつらの一人が安物の拳銃を持っていて、流葉たちにぶっ放したんだ」

流れる曲が、〈One Of These Nights《ワン・オブ・ジーズ・ナイツ》〉に変わった。日本語タイトル〈呪われた夜〉……。

「チンピラが撃った弾は、流葉をかすめて後ろにいた彼女、里美の腹部に命中した」

♪

店の窓から入る陽射しが、かなり斜めになってきていた。カウンターのグラスが陽射しを受けて光っている。

「で、彼女は？」と僕。

熊沢は、ゆっくりと首を横に振った。

「その翌朝、虹の橋を渡ったんだ」

僕は、大きなため息をついた。

ＦＭから流れるイーグルスが、皮肉な事に〈Life In The Fast Lane《ライフ・イン・ザ・ファスト・レーン》〉に変わっていた。

日本語のタイトルは、〈駆け足の人生〉……。

♪


店の外、森戸海岸の砂浜。

部活らしい少年たちが10人ほどランニングをしている。彼らの髪が、リズミカルに揺れている。

「その事について、流葉はつとめて淡々と話しているが、その傷跡《きずあと》が消えているわけはない……。いまでも、心からは血がにじんでいるはずだ」

3杯目のジン・トニックを作りながら、熊沢がつぶやいた。

「失《な》くしたものが大き過ぎたのか……」と僕。

熊沢は、無言でうなずいた。そして、

「流葉が、〈レッド・ロック〉の仕事を引き受ける、もう一つの理由は、たぶんそれさ」


♪

「もしかして、流葉がジムの気持ちに共感した?」

僕は言った。

熊沢は、新しいBUDを僕の前に置きながら、

「ああ、その可能性はかなり高いな」と言った。

「ジムは、22歳のときにタナカ・ヨウコという恋人を失った。流葉も、同じぐらいの年頃に里美を失った」

「………」

「流葉の恋人は天国へ旅立った。生き別れしたジムの場合と違いはあるが、その年頃にアメリカで恋人を失った事に違いはない」

熊沢が言った。

「ジムは、その失った恋人へ向け、届くか届かないかわからないCFを送ろうとしてる……」

と僕。

「そんなジムの気持ちに流葉が共感したのかな……」とつぶやいた。

すると、熊沢は、口の端で3ミリほど微笑した。

「共感という言葉はあまりに月並みだが、まあ、そういう事かな。流葉の中でも、過ぎ

た日の思い出というやつにスイッチが入ったのかもしれない」と言った。

僕をまっすぐに見た。

「船の上で話してたときだ。ジムが恋人とのいきさつを説明しただろう？」

「ああ……」

「ジムが、〈センチメンタルだと笑ってもいいよ〉と自嘲的《じちょうてき》につぶやいた、あのとき、流葉がそれを皮肉るかと思ったが、違った。あいつにしては珍しく何も言わず海を眺めていた」

と熊沢。

僕は、うなずいた。そのときの事はよく覚えている。意外に感じた事も……。

「あれを見ていて、わかったよ。ジムと恋人との事が、流葉にとって決して他人事とは思えないんだと……」

熊沢が言い、僕もうなずいた。

「さらに言えば、ジムと流葉が、山崎唯の曲や彼女自身をＣＦに起用すると考えている理由も、なんとなくわかる……」

熊沢が、グラスを手にして言った。

♪


パキッという音がした。

熊沢が太い指で、ピスタチオの殻を割る。口に放り込んだ。

「ジムは、山崎唯のメジャー・デビューを祝う思いもあって来日したという」と言った。

僕もピスタチオを口に放り込み、2本目のBUDをぐいと飲んだ。

「そんなジムの胸にある思いってやつを、こうは想像できないか？」と熊沢。

「ジムは、唯の姿の向こう側に、かつて愛した恋人の面影を見ているんじゃないかと……」と言った。

僕は、うなずいた。やはり、そう思うか……。

「日本から来た留学生で、20歳前後……」僕はつぶやいた。

熊沢が、うなずく。

「孫のような年齢《とし》の唯だが、ジムが彼女を見ていて、かつて過ごした21歳の日々が胸によぎるとしても、不思議はない」

と熊沢。

「だから、唯に対してできる限りの事をしてやりたいと?」

僕は、つぶやいた。熊沢がゆっくりと、だがはっきりとうなずいた。

また、ジン・トニックをひと口……。

「さらに言えば、同じような思いは流葉にもあるかもしれない」


♪


窓の外、大学ヨット部のディンギーが砂浜に戻ってきた。

男女の学生たちが、ディンギーを砂浜に引き上げている。明るい声が海風にのって聞こえてきていた。

「流葉にとっても……」

僕はつぶやいた。

「ああ、やつはもともと決断が早いCFディレクターだが、今回、唯をCFに出すのは即決だった」と熊沢。

「確かに、ピアノの弾き語りをしている唯の姿は凛《りん》としてる。あの〈マンハッタン・リバー〉という曲もいい。それにしても、流葉は何の迷いもなく彼女をCFに起用すると決めた」

と言った。そして、

「そこには、あの唯に対する何か独特の思い入れがあるような気がする……」

とつぶやいた。

「思い入れか……」と僕。

窓から遅い午後の陽射しが入っている。熊沢が手にしているグラスの中で、氷が光った。

熊沢は、軽く苦笑い。

「流葉は、一見クールに見えても、実はそういうやつなんでな……」

イーグルスの〈Take It To The Limit《テイク・イット・トゥ・ザ・リミット》〉が低く流れている。

♪

その10分後。

熊沢は、電話をかけはじめた。どうやら、CFの撮影スタッフたちに連絡しているらしい。

「おお、吉川《よしかわ》、7月のスケジュールは、どうだ?」などと話している。

やがて、

「そう、流葉チーム、ひさびさの出撃だ」

20　潮風が吹く、そんな映像が欲しい

カチッ、カチッ……。

ドラムスの陽一郎が、スティックを鳴らして4拍のカウントを出す。

僕は、テレキャスターの弦をピックでさらりと撫《な》でた。メンバー全員の音が、厚くゆったりとスタジオに流れはじめた。

主役の唯は、ピアノに向かっている。ジムは、グレッチのギターを膝にのせている。

ベースの武史は、落ち着いた表情で弦を弾いている。

逆に、緊張した表情でマイクの前に立っているのが涼夏だ。

そして、ピアノの鍵盤に指を走らせている唯には、ムーヴィー・カメラが向けられていた。

♪


青山にある〈ブルー・エッジ〉の中でも一番広いDスタ。

テスト撮影がはじまっていた。

制作されるCFは、ピアノを弾きながら歌っている唯の姿を、シンプルに映像にする予定だという。

熊沢に言わせると、〈流葉が作るCFの映像は、いつも直球勝負だから〉。

なので、弾き語りで〈マンハッタン・リバー〉を実際にライヴで歌っているところを撮影するという。

いまは、そのテスト撮影。

同時に、テスト録音もしている。

スタジオの調整室には、プロデューサーの麻田や録音スタッフがいる。

そして、流葉は、カメラのそばで腕組みをして立っている。


♪

イントロの3小節目。ジムが弾くフレーズが流れてきた。

グレッチのギターから、優しく少し切ない音が流れはじめた。

やはり、なかなかいい。爺さん、やるもんだ……。僕は、コードを弾いて、全体の演奏をささえながらつぶやいていた。

そして、8小節のイントロが流れ過ぎ、唯のヴォーカルが流れはじめた……。

やがて、サビの部分にさしかかる……。

〈……ビリーヴ……〉と唯が歌う。それに続いて、涼夏が、細く澄んだ声で、〈……ビリーヴ……〉とフレーズを重ねた。

麻田の狙い通り、いい効果が出ている。

その麻田が、調整室でうなずいた。流葉はカメラの近くに立ち、歌っている唯の姿をじっと見ている……。


♪


「オーケイ!」

流葉の声が、スタジオに響いた。

曲が終わった5秒後だった。

ジムと歌い終わった唯は、笑顔を見せ合っている。

僕は、まだ緊張している涼夏の肩を抱いて、「よかったぜ」と言った。

流葉は、撮った映像のチェックをしながら、カメラマンと打ち合わせをしている。

真剣な表情。

「唯のアップは、もう少し寄った方がいいな」と流葉。

「ズームもパンもしないいんですか？」とカメラマン。

「しない。そのかわり、カメラが3台は欲しい。その3台が同調できるシステムも必要だな」

などとプロ同士の緊迫した言葉が行き交っている。


♪


「野外で撮る？」

と熊沢が流葉に訊いた。

「ああ、そうだ。スタジオやコンサートホールじゃ面白くもなんともない」と流葉。

「潮風が吹き抜けて、歌っている唯の髪が揺れるそんな映像が欲しいんだ」と言った。

一息ついた後の調整室。流葉と熊沢が打ち合わせをしていた。

「野外……。じゃ、砂浜とか？」と熊沢。

「それでもいいが、どこかの海岸にステージを作れないか。背景は広い海。フラットでスケールの大きなステージを……」

と流葉。熊沢は、しばらく考え、ため息……。

「まあ、お前が無理を言うのはいつもの事だからな……。やってみよう」と言った。

麻田は、録音スタッフたちといま録音した曲をリプレイしながら、流葉たちの話を聞いている……。


♪


麻田から電話が来たのは、4日後だった。

「ちょっとやっかいな事になった」

「やっかい？」

「ああ、うちのレコーディング・スタッフが金で〈ZOO〉に引き抜かれた」

「スタッフが……」

「そう、この前のテスト録音のときに調整室で仕事をしてたスタッフだ」

「って事は、いろいろな話を聞いてた……」

僕はつぶやいた。あのときの調整室では、流葉と熊沢がCF撮影のセッティングについて打ち合わせしていた。

「ああ、唯を使うCFのアウトラインを聞いてただろう」と麻田。

「さらに、唯以外のバンドメンバーが誰なのか、すべてが〈ZOO〉につつ抜けになってるだろうな」と言った。

「となると？」

「まず、CFの撮影現場への妨害が予想できる」と麻田。

「その件については、いまさっき流葉ディレクターに伝えたよ」と言った。

「それと、もう一つ。君たちミュージシャンだ」

「おれたち……」

「ああ、唯をはじめ、バンドメンバーになんらかの危険がおよぶ可能性も考えられる」と麻田。

「唯は、今日からしばらく、ホテル暮らしをする事になった」と麻田。

「ほかのメンバーにも、身辺に気をつけるように、哲也君から伝えてくれないか？　もちろん涼夏ちゃんも一人にしないようにね」

僕は、〈了解〉と答えた。


♪


「おう、哲也」

電話口から流葉の声が響いた。麻田から連絡があった翌日だった。

「ちょっとやっかいな事になった件は、麻Pから聞いてるよな」

「ああ」

「その事で、少し相談したい。熊さんの店に来れるか？」

「森戸の〈グッド・ラック〉？」

「ああ。一色の楽器店はどうせ暇なんだろう？」

「暇で悪かったな」と言うと、スマートフォンから笑い声が響いた。

♪


午後4時過ぎ。

僕は涼夏を連れて森戸海岸にある熊沢の〈グッド・ラック〉に行った。

入ると、流葉が誰かと電話で話している。僕と涼夏を見ると、話しながら、笑顔を見せた。

僕と涼夏は、カウンターに……。中にいる熊沢が僕らにうなずいた。

「BUDでいいか？ 涼ちゃんには、ジンジャエールでどうかな？」

僕はうなずいた。流葉は、電話で話し続けている。

「ケチな事言うなよ。この前は、真鯛を食わせてやっただろう」と言った。相手が何か話している。それを聞いていた涼夏が、

「なんか、危ない人と話してるみたい」と僕の耳元でささやいた。涼夏の耳には、相手の言葉が聞こえているのだろう……。

「で、あんたの組と揉めた事もあるのか？」

と流葉は話し続ける……。

「ほう、そんな事まであったのか」などと話しながら、メモをとっている。
「〈統一〉の〈統〉に〈アジア〉の〈亜〉か。それで〈統亜トレーディング〉だな……」

♪

「だいたい、わかった」と流葉。電話を終えると、瓶のBUDをラッパ飲み。
「相手の素性か？」と熊沢。
「ああ、敵はやはりチャイナだな」と流葉。
カウンターにあるメモ用紙を僕らに見せた。
〈忠陳平〉と書いてある。
「チュウ・チンペイ？」と熊沢。流葉がうなずいた。
「ああ、日本人からするとかなり間抜けな名前だが、どうやらこいつが黒幕らしい」
「この忠が、黒幕？」と熊沢。
「ああ、中国共産党の中で最近のし上がってきたやつらしい」と流葉。
「のし上がってきた？」
「日本への経済侵略を指揮して、共産党内での地位を上げてきたようだ」と流葉。

「こいつは、若い頃、出稼ぎ労働者として川崎の工場で働いていたらしく、日本語はそこそこ話せる。日本の国内情勢にもかなり詳しいようだ」と言った。

「じゃ、今回の〈ZOO〉の件も？」

「ああ、そうだ。忠のやつは〈統亜トレーディング〉という貿易会社を、6年前に横浜で立ち上げたという。表向きは中国から食材などを輸入する会社だが、実際には日本へ経済侵略する拠点になってるらしい」

と流葉。

「ほう、その情報は源《みなもと》組からか？」

と熊沢。流葉はうなずく。

「ああ、あんな絶品の真鯛を食わせてやったんだから、このぐらいの情報はくれるさ」

と僕らにふり向き、白い話を見せた。

「この忠の〈統亜トレーディング〉には、いくつもの子会社があるらしい」

と流葉。メモに目を走らせながら、

「〈統亜エステート〉という子会社は大々的に土地・不動産の買収をしてるという。で、〈統亜プロモーション〉っていう会社が、今回〈ZOO〉の経営権を握って日本の音楽産業を牛耳《ぎゅうじ》ろうとしてるようだ」

♪

熊沢が、グラスに口をつけ、

「しかし、源もやけに詳しいな」

「ああ、横浜から湘南一帯を縄張りにしてる源組と、忠陳平の〈統亜トレーディング〉との間には、いろいろあるらしい」

「揉め事か？」

「ああ、ときには暴力ざたにもなってるようだ」

と流葉。

「しかも、その忠は、例のチャイニーズ・ドラゴンの連中と、関わりがあるらしい」

「チャイニーズ・ドラゴンか……」と熊沢。

チャイニーズ・ドラゴンは、日本で暗躍している中国系のヤクザ組織だ。

「まず間違いなく、忠はチャイニーズ・ドラゴンとつながっている。源組がそう断言してるよ」

♪

「ところで、哲也」と流葉が僕を見た。
「ちょっと教えて欲しい事がある」

21　シャンパンと浜大根

「教えて欲しい？」

「ああ、大事な事なんだが」と流葉。

「バンドがちょっとした野外ライヴをやるぐらいのアンプやPAは、どのくらいの重量になる？」

と訊いた。僕は、BUDをひと口。

「どんなバンドかにもよるな」と言った。

「唯とあんたたちのバンドさ、この前、スタジオでやったメンバーだ」と流葉。

僕は、うなずいた。

熊沢が出してくれたメモ用紙にリストアップしはじめた。

まず唯のピアノ、そしてドラムス、ギター・アンプ、さらにPAシステム……。

それぞれの重量……。

10分ほどで書き終えた。

「トータルでこんなものかな」と言い、流葉に渡した。軽く3トンをこえている。

「かなりの重量だな……」と、それを見た流葉。

熊沢もメモを見て、

「これが載る撮影用のステージを海岸に作るのはいいが、かなり大がかりな物になる。嫌でも目立つな」

と言った。そして、

「となると、何かの妨害や攻撃を受ける可能性が高くなる」とつぶやいた……。

流葉がうなずいた。

「去年の事だが、源組が横浜に所有してる貸し倉庫が木っ端みじんに爆破されたという。やったのは、この忠陳平の手下らしい」

「倉庫を木っ端みじんか……」と熊沢。

流葉がまたうなずき、

「忠は狡猾《こうかつ》でずる賢《がしこ》いやつらしいが、部下には中国陸軍の出身で爆薬に詳しいやつや、銃器の専門家もいるらしい。しかも、チャイニーズ・ドラゴンと手を組んでいるし」と言った。

「なるほど、やっかいだな。さて、撮影現場の警備はどうするか……」

熊沢が腕組みしてつぶやくと、

「まあ、なんとかなるかもしれない」と流葉が言った。

♪

15分後だった。

店のドアが開き、一人の外国人が入ってきた。

中年の白人男だった。痩せ型で背が高い。よく陽灼けしている。半袖のポロシャツを着て、コットンのパンツをはいている。

一見、盛りを過ぎたプロ・ゴルファーという雰囲気……。

だが、僕にはすぐわかった。横須賀にある米軍基地の人間だ。

それだけ、僕は基地《ベース》の人間とたくさん接してきたのだが……。

「やあ、ソータロー」と彼は上手な日本語で言った。

流葉のフルネームが、流葉爽太郎《そうたろう》だというのは、最近知ったところだ。

「フレミング大佐、紹介するよ。湘南でナンバー・ワンのギタリストの哲也と、従妹でヴォーカリストの涼夏だ」

と流葉。〈ヴォーカリスト〉と言われて涼夏はちょっと頬を赤くした。

フレミング大佐は、僕らに微笑し、

「よろしく」と日本語で言った。


♪


「ところで、ソータロー。急に呼び出してどうしたんだ」

とフレミング大佐。

「ビリヤードの負けを払えとか？」と訊いた。店にあるポケット・ビリヤードの台を見た。

どうやら、流葉とフレミング大佐は、ここでしょっちゅう賭けビリヤードをやっているらしい。

「確かに、あんたには500ドル以上の貸しがあるな」と流葉。「だが、今日の用事はそれじゃない」

と言い、BUDをひと口。

「いま、横須賀基地には空母のロビンソンが寄港してるよな」と言った。

フレミング大佐がうなずいた。


♪


「ロビンソンの甲板《かんぱん》で撮影を⁉」

思わずフレミング大佐が訊き返した。

「ああ、あの空母はしばらく横須賀にいるんだろう？」と流葉。

「確かに、艦のメンテナンスや乗組員の休暇をかねて、2カ月ほどは横須賀基地にいる予定だが……」

「なら、撮影に使わせてくれてもいいじゃないか」と流葉。

「あんたら米軍は、よく言ってるよな。日本との絆《きずな》を何より大切にと……。これは、その絆を強める絶好のチャンスじゃないか」と言った。

「……しかし、空母を日本のCF撮影に貸すなんて、前代未聞《ぜんだいみもん》で……」とフレミング大佐。

「何ごとにも初めてはあるさ。気にするな。しかも、今回撮影するのは、アメリカのバーボン、〈レッド・ロック〉のCFなんだ」

と流葉。

「とりあえず、横須賀基地の司令官にかけあってくれないか？」と言った。

フレミング大佐は、あっけに取られている……。あっけに取られた表情のまま、帰っていった。

♪

「お前とは長いつき合いだが」と熊沢。

「ここまでクレージーなやつだったとはな……」と言った。

「人間、成長するのさ」

と流葉は涼しい顔で言った。

「よく言うぜ」

熊沢が吐き捨てた。が、半ば嬉しそうでもあった。

「もし万一、空母の甲板で撮影ができればラッキーじゃないか。ギター・アンプやPAシステムが何トンあっても問題ない」と流葉。

「しかも、やばい妨害も入らない」

と言い、ピスタチオを口に放り込み、BUDをぐいと飲んだ。


♪


「いやあ、まいったよ……」とシナボン。

ビールのグラスに口をつけた。

夕方の5時半。楽器店二階のリビング。シナボンが来て、軽く飲みはじめていた。陽一郎が持ってきた生シラスを肴《さかな》に……。

「何が、まいったんだよ」

と陽一郎が訊いた。シナボンは、うなずき、

「昨日は、おれとナツキの記念日だったんだ」

「記念日？」僕が訊いた。

「ああ。ちょうど1年前、ナツキの指の障害を治すために、ウクレレを使ったリハビリをはじめたよな」とシナボン。

「そうだったな……」僕はつぶやいた。

「昨日が、そのリハビリをはじめた記念日なんだよ」

「そっか……」と涼夏。「夏の初めだったものね」と言った。

確かに……。

去年の今頃、交通事故の後遺症が残っているナツキの指を治療するために、シナボンや僕も協力して、ウクレレを使ったリハビリをはじめた……。

「その記念日なんで、おれは奮発してシャンパンを買ってきたんだ。……そして、夕食をはじめたのさ」

とシナボン。

「ナツキは、シャンパンを喜んでくれた」とシナボン。「シャンパンなんて飲むのは、生まれて初めてだと言ってさ……」しみじみと言った。

みんな無言でうなずいていた。

「それで、彼女が皿に盛ってくれたのは、天ぷらだった」とシナボン。

「ほう、シロギスの天ぷらとか？」と陽一郎。

初夏から夏にかけては、シロギスのシーズンだ。

「いや、それが違うんだ。なんと、浜大根《はまだいこん》の天ぷらだったのさ」

シナボンが言った。

「浜大根か……」僕はつぶやいた。

浜大根は、海岸町ならよく自生している野草。食用になるのは知られている。確か、ナツキの家の庭の隅にも生えていた……。

「それを天ぷらにするって、ナツキさんらしい」と涼夏。

「ああ、浜大根が食えるのは知ってたけど、実際に口にしたのは初めてだった」

とシナボン。

「で、どんなだった？」僕は訊いた。シナボンは、しばらく無言……。やがて、しんみりとした口調で、

「信じられないほど、美味かった」とつぶやいた。

「……庭の隅にこんなに美味いものがあって、それを知らなかったなんて……。はっきり言ってショックだったよ」

「しかも、それを天ぷらにして出すナツキさんの素朴さが素敵……」と涼夏。

「本人は、少し恥ずかしそうにしてたけど……」とシナボン。グラスのビールに口をつけて、

「もしかしたら、世界で一番幸せな夕食だったかもしれない」とつぶやいた。その表情に少年の面影がよぎった。

「確かに、天使みたいな娘《こ》だよな」と僕。

「うらやまし過ぎるぜ」と陽一郎が微笑した。そして、黙っていた涼夏が、

「きっと愛の味がしたのね……」とつぶやいた。

部屋のオーディオからは、E《エルトン》・ジョンの〈僕の瞳に小さな太陽〉が流れていた。


♪


「あ、プレートひっくり返してくるね」と涼夏が言った。

店のドアの外には、〈OPEN〉と〈CLOSED〉のプレートが出ている。

そろそろ、プレートを〈CLOSED〉にする時間だ。

涼夏は、一階におりていく……。

その1分後だった。悲鳴！　涼夏の悲鳴が響いた！

何かあった。僕らは、一階に！

店のすぐ外。男が二人、涼夏の両腕をつかんで、そばに停まっている車に引っ張り込もうとしていた！

22　ファースト・キスは、むきたての桃だった

もう、体が動いていた。

「この野郎！」と叫びながら、僕は男の一人につかみかかっていた。

相手の肩をつかむ。その顔面にヘディングを叩きつけた。

僕は、小さい頃からギター少年だった。

が、小中学生の頃はサッカー少年でもあった。なので、正確なヘディングが相手の鼻《はな》面《づら》に入った！

相手は、のけぞる。その手が涼夏から離れた。

陽一郎がもう一人の横っ面を殴りつけた。腕っぷしが強い陽一郎の拳《こぶし》をくらって、相手の体は反転した。車のボディーに体をぶつけた。

自由になった涼夏の体をシナボンが抱き止めてかばう。

そのまま、店の中へ！

やつらは、襲撃を断念した。あわててワンボックス・カーに！

僕も陽一郎も、深追いはしなかった。

涼夏の無事が何より大事だ。

やつらが、転がるように乗り込むと、車のドアを半分開けたまま、ワンボックスはスタート。

どうやら、運転席にもう一人いたらしい。

車は、タイヤを鳴らして急発進。海岸道路を走り去る。


♪


「もう大丈夫だ、心配するな」

僕は、涼夏の肩を抱いて言った。二階にある涼夏の部屋だ。

涼夏の体は、さすがに小刻みに震えている。

幸い怪我《けが》はしていないようだ。

すぐに、シナボンが温かい紅茶を持ってきた。ブランデーを少し入れたという。

涼夏は腰かけ、それを飲みはじめた。

「車のナンバー、見たか？」と陽一郎。

「ナンバープレートに、ガムテープが貼ってあった」僕は言った。そして、

「だが、一人は見覚えがある顔だった」

「どいつだ」と陽一郎。

「お前が殴ったやつだ。由比ヶ浜のライヴハウスで演奏の邪魔をしたやつの一人だ」と僕。

「確かか？」

と陽一郎。僕は、うなずいた。


♪


10分後。流葉に電話をかけた。出来事を簡潔に話す……。

「そこまでやるか。悪質だな」と流葉。

「ここは、決着をつけないとまずいな」と言った。

「明日、連絡する」

♪

深夜11時半。

シナボンはナツキの家に帰った。が、陽一郎は、用心棒として一階の店にあるソファーで寝ている。

涼夏は、ゆっくり風呂に入り、だいぶ落ち着いたようだ。自分の部屋のベッドに入った。

僕は、それを見届けて自分の部屋に……。

♪

気持ちが高ぶっている。

なかなか寝つけないまま、2時間ほど過ぎた。午前1時過ぎ。

部屋のドアがゆっくりと開き、涼夏が立っているのが、薄暗い中でもわかった。

いつも通り、ぶかっと大きなTシャツを寝巻きにしている。

「どうした、寝られないのか?」

涼夏がうなずいたのがわかった。

「一緒に寝ていい?」と小声で言った。まだ恐怖から抜けきれていないのだろう。僕は、

「ああ、いいよ」と言った。

ベッドに涼夏が入ってきた。僕に体をあずけるようにした。僕は、彼女の体を抱き寄せた。

こうして寝るのは、初めてではない。

「怖かったか?」と訊くと、小さくうなずいた。

「ちびっちゃったかと思った……」と涼夏がつぶやいた。

「ちびった?」訊くとうなずいた。

「シナボンが紅茶を渡してくれたじゃない? それを飲んでたら、心配になって」

「ちびったかもしれないと?」

「そう……」

と涼夏。そういえば……。シナボンが渡してくれた紅茶に口をつけていたとき、涼夏は急に部屋を出ていき、しばらく戻ってこなかった。

それは、少し不思議だった。聞けばそういう事だったのか……。

「あんな事があったんだから、万一ちびっても気にするなよ」

「やだ、恥ずかしいよ……。大丈夫だったけど、どきっとした」と涼夏。

「まあ、子供の頃のあれがあるからなあ……」

「そう……」

涼夏は、僕の胸に頬を押し当てた。その頬が熱い。

暗くてわからないが、顔が赤くなっているのだろう……。

僕は、そんな涼夏の体を抱きしめ、思い出していた。

あれは、この子がまだ3歳だった夏……。

お転婆《てんば》だった涼夏は、サッカー・ボールを蹴るのが好きだった。

そのときは、砂浜で思い切りボールを蹴ったが、石垣に跳ね返ったボールがもろに顔面を直撃。

涼夏は後ろにぶっ倒れた。

そのとき、ちびった。

〈もれちゃった……パンツびしょびしょ〉と泣きじゃくっている4歳の涼夏を、僕は風呂場に連れていき全身をシャワーで洗ってやった。まだ男の子とも女の子とも言えない幼い体を……。

そんな子供時代の出来事をいま思い出していた。


♪


それは過ぎた日の思い出だとしても……。

この年にもなって、〈ちびっちゃったかと思った……〉と口にする涼夏……。

この子には、女らしいと感じさせる瞬間も、たまにある。けれど、基本的に、幼なくて無邪気だ。

あの3歳だった頃の少女が、まだその中に住んでいるようだ。

〈もれちゃった……〉と泣きじゃくっていたあの日の少女が……。

その無邪気さと幼さが、僕にとって限りなく愛しいと感じられる……。そして、守ってやらなくてはという思いがいつも胸の中にある……。

それも、もうわかっていた。

♪


「哲っちゃん……」と涼夏がつぶやいた。

僕の頰に、自分の熱い頰を押しつけてきた。

僕は、ほっそりとした涼夏の上半身を抱きしめた。

彼女の体からは、ボディーソープと微かな寝汗がミックスされた甘酸《あまず》っぱい香りがした。

やがて、唇と唇が近づいていく……。

小鳥が餌をついばむように、そっと触れ合った。

1回……2回……3回……。

そして、ついに唇が重ねられた。

僕らのファースト・キス……。あたりが真空になったような数秒……。

少し開いた涼夏の唇は、皮をむきたての桃のようにしっとりとして、切ないほど無防備だった。

窓ガラスの向こうから、真名瀬海岸の波音が聞こえていた……。

♪


「よお、哲也」と流葉から電話がきた。翌日の昼頃だった。

「ちょっと夜遊びに行かないか？」と流葉。

「夜遊び？　どこへ？」

「横浜あたりだな」それで、わかった。忠陳平の本拠地は横浜だという。

「オーケイ」と言うと、

「じゃ、7時頃に迎えに行く」と流葉。


♪


午後7時過ぎ。店の前に、ジープ・ラングラーが停まった。

僕は、店のドアに鍵をかけ、ジープに歩く。流葉が、ステアリングを握っている。

「涼夏ちゃんは？」と流葉。

「友達の家に泊まりに行ってる」涼夏は、近くにいる親友のタマちゃんの家に行っている。

「オーケイ、じゃ出撃だな」

流葉が、車のギアを入れた。

「2人だけで？」

「いや、先発部隊はもう向かってるはずだ」

♪

「ここだな」と流葉。路肩にジープを停めた。

横浜。山下町《やましたちょう》。いわゆる中華街のはずれだ。

ぎっしりと並んでいる中国料理店がまばらになるあたり。一軒の洒落たビルがあった。

隣りは、ヨーロッパ車アウディのディーラーだ。

四階建てのビル。一階は、〈統亜飯店〉という中華料理店。まだ8時過ぎなので営業している。

「二階から四階が、忠の会社らしい」と流葉が言った。そのとき、スマートフォンに着信。

「おう、鏑木か。状況は？」と流葉。

「二階と三階は、制圧《せいあつ》してあります」という声が聞こえた。

「ご苦労。親玉は？」

「忠は四階です。手下が2人ほどいるそうです」

「武器は？」

「拳銃、散弾銃などはないようです」

「わかった。サンキュー」

「手伝いましょうか？」

「まあ、とりあえず挨拶してくるよ」と流葉。車のエンジンを切った。

23　顔面スブタ

道路を横切り、ビルに……。

中華料理店のわきにビルの出入り口がある。入ると壁に〈統亜トレーディング〉という金属のプレート、奥にエレベーターがある。

僕と流葉は、エレベーターに乗る。ゆっくりと四階に上がっていく……。

「で、忠はどんなやつなのかな？」訊くと、

「なんでも、出来そこないの肉饅頭《にくまんじゅう》みたいにむくんだ面《つら》だと」流葉は苦笑い。

エレベーターのドアが開いた。四階の廊下に人の姿はない。

突き当たりのドアに歩いていく。

何かの気配をさっしたのか、ドアが内側から開いて、男が出てこようとした。

僕は、ドアを思い切り蹴った。

男の顔がドアにはさまれた。悲鳴を上げ、うずくまる。

見れば、涼夏を襲ったやつらの一人だった。

その側頭部を、僕はスニーカーのインサイドで思い切り蹴った。

男は仰向けに倒れる。白目を剝《む》いている。たぶん脳震盪《のうしんとう》を起こした……。

「なかなかやるな。メッシなみのキックだ」

と言いながら、流葉がドアを開けた。


♪


かなり広い部屋。

楕円形の大きなテーブルがあり、そこに初老の男がいた。

食事をはじめるところらしかった。テーブルに皿が並んでいる。紹興酒《しょうこうしゅ》らしきものもある。

そのそばに、黒いシャツを着た若い男が1人いた。初老の男がこちらを見て、

「何だ、お前らは」

と日本語で言った。流葉はそれを無視。

「忠陳平か」と言った。「噂通りだな」

「噂？」

「出来そこないの肉饅頭のような面《つら》、そのままだ。笑えるぜ」と流葉。

確かに。

忠は、むくんだような顔。白髪混じりの髪は、きっちり七三に分けている。まぶたが腫れぼったく、細い目には、不気味なほど表情がない。

グレーのスーツに、ノーネクタイだ。

若い男が、じりっとこちらに……。

流葉は、そしらぬ顔で、壁にかけてある一枚の額を見た。肖像画が入った額だった。

それを壁から外し、

「この爺いが、お前らの同志なのか？」と言った。

それは、どうやら、毛沢東《もうたくとう》だった。

黒シャツの男が、2歩、流葉につめ寄る。構えからして、空手の心得がある……。

さらに1歩つめてきた。

「ハッ」という気合。まっすぐな突き！
流葉は、その突きを両手で持っていた額で受けた。
バリッと派手な音。男の突きは、額を突き抜けた。
拳が、毛沢東の顔面を突き抜けてしまった。
「あーあ、よりによって同志をこんなにしちゃって」と流葉。
やつは、自分の手を額から引き抜こうとあせる。
流葉は額を放し、２歩つめる。相手の横っ面に、体重をのせた左フック！
相手の顔がのけぞる。そこへ、すばやく鋭い右ストレート！
男の体は後ろによろけ、仰向けに倒れた。鼻血が流れはじめ、両足が引き攣《つ》っている。

♪

「さて」と流葉。忠に向き直った。
「お前らは、何だ」と忠。
「わかってるくせに、時間かせぎはやめときな」と流葉。
「ついでに、そのボタンを押してもムダだぜ」と言った。

忠が、テーブルの下で手を動かしてるのに、僕も気づいていた。

ボタンかスイッチがあり、押せば階下から手下が駆けつけるはずなんだろう。

忠は、それでも手を動かしているようだ。

「ムダだ、援軍の同志はこないよ」

と流葉。座っている忠の斜め後ろに行く……。

忠の細い目が、狡猾に光った。

つぎの瞬間、忠が立ち上がりざま、テーブルから象牙《ぞうげ》の箸《はし》をとる。流葉の顔に突き立てようとした。

流葉は、それをかわし忠の手首をつかんだ。

「危ないじゃないか」

と言い、手首をぐいとひねる。忠の手から箸が落ちた。

「じゃ、晩飯だな」

流葉は、片手で忠の腕をねじり上げた。そのえり首を片手でつかみ、テーブルにある大皿にやつの顔を思い切り押しつけた。

大皿に盛られているのは、酢豚《スブタ》だった。

忠の顔面が酢豚に埋まる。

くぐもった悲鳴！

酢豚はまだ熱いのかもしれない。忠は、もがく。

「スブタは嫌いなのか」

と言い、流葉が手を離した。

忠の顔は、ドロドロの酢豚まみれ。中国語で何かわめきながら、僕のそばを駆け抜けようとした。

その下腹に、僕は右足の甲でキックを入れた。

忠は下腹部を押さえて床に転がった。うめいている。

そのズボンの前にシミが広がっていく……。

「いいボレー・キックだったぜ、ネイマール」と流葉が言い、僕の肩を叩いた。

体を丸めうめいている忠を見下ろし、

「今度また同じような事をしたら、お前をこま切りにしてスブタにしてやる、不味《まず》そうだがな……。わかったか？」

と言った。忠がうめきながら、微かにうなずいた。

「じゃあな、同志、アディオス」と流葉が言い、僕らは部屋を出た。

僕と流葉は、握り拳と拳を軽く合わせ、エレベーターに向かう。


♪


ビルを出て、ジープに戻る。流葉がスマートフォンを手にした。

「鏑木か？　用事はすんだよ。お疲れさん」と言った。

しばらくすると、スーツを着た4人の男たちがビルから出てきた。20メートルほど先に停めてあるジャガーのセダンに歩いていく。

その一人が、何かを上着の内側におさめた。拳銃のように見えたが、薄暗いのではっきりとはしない。

「スブタの匂いを嗅いだら腹が減ったな。その辺のまともな店で北京ダックでも食っていこうぜ」

と言いながら、流葉がジープのエンジンをかけた。


♪

「またエサとられたぜ」

と流葉。

「シロギスって魚は、ずる賢いやつだな」とつぶやいた。僕も涼夏も、思わず笑った。

葉山・森戸の沖。水深15メートルにアンカーを打っていた。

流葉は遊び半分、シロギス釣りの仕掛けを海に入れていた。

船の上には、熊沢、唯、ジム、そして僕と涼夏がいた。

もう、陽射しは夏のものだった。太平洋高気圧が東日本をおおっているのだ。

ゆるやかな南の海風が、皆のいる船のデッキを吹き抜けていく。

流葉は、アロハにショートパンツで釣り竿を握っている。が、エサをとられてばかりだ。

「お前、CFを作る才能はあっても、小物釣りの才能はないんだよ」

熊沢がBUDを手にして流葉に言った。

「かもしれないな」と流葉。腕のダイバーズ・ウォッチを見る。いまは、午後1時半。

「そろそろ、フレミングのダンナが来る頃だな」

とつぶやく。

「魚との知恵比べはやめた」

と言い、釣竿を放り出す。ＢＵＤに口をつけた。

そのとき、こっちに向かってくる一艘のボートが見えた。

ランナバウトと呼ばれる、やや小型のボート。15ノットほどで近づいてくる……。

やがて、操船しているのがフレミング大佐だとわかった。

船名の〈Goofy《グーフィー》〉が読める距離まできた。

やがて、グーフィーがこちらの船に横付けになり、フレミング大佐が乗り移ってきた。


♪


「あなたが、〈レッド・ロック〉経営者のジム・ハサウェイ……」

と大佐。ジムと握手し、

「第七艦隊・横須賀基地のフレミング大佐です」と言った。

「自己紹介はそれぐらいでいいから、空母で撮影する件はどうなった」と流葉。

「まあ、せかすなよ、ソータロー。ゆっくり話すから」と大佐。

「もったいぶらずに、さっさと話せよ」

流葉が言うと、大佐は苦笑い。熊沢が、

「こいつ、もともと気が短い上に、魚にエサばかりとられて、いま機嫌《きげん》が悪いんだ」と言った。

大佐は、苦笑いしたまま、

「いま、横須賀基地の司令官と、空母ロビンソンの艦長が話し合いをしてるよ」と言った。

「で、どうなりそうだ」と流葉。

「もうすぐ連絡がくるはずだ」と大佐が言った。

「ところで……」と大佐がジムに向き直った。

24　デベソのマッキーは、UFOから降りてきた

「私の父が？」とジム。

「そう、あなたの父上のお名前は、リック・ハサウェイですね。あの太平洋戦争で戦った……」と大佐。

「そうだが……」とジム。

「実は、横須賀基地の司令官はジョン・バリーというのですが、彼の父上も太平洋戦争で戦った。しかも、あなたの父上と同じ硫黄島で……」

大佐が言った。皆が彼を見た。

「よく知られているが、硫黄島は地獄のような熾烈《しれつ》な戦場だった。米軍にとっても、最悪の戦場の一つだったと言ってもいいだろう」

と大佐。そこで息をつく。

「そんな硫黄島の戦いで、バリー基地司令官の父上の部隊は日本軍に包囲され、あわや全滅の危機に瀕《ひん》した」

「……で？」とジム。

「そのとき、あなたの父上の部隊が命がけで突撃してきて、司令官の父上の部隊は危機から救われたそうだ」

「ほう……」とジム。

「その事を父上から聞かされた事は？」と大佐。

ジムは、首を横に振った。

「父は、太平洋戦争の事はあまり話したがらなかった……」

「なるほど……。誰にとっても辛い体験だから、わかります」と大佐。

「だが、バリー司令官の父上は、あなたの父上に命を救われた事を忘れていなかった。戦争が終結した後も、あなたの父上と時々連絡をとっていたようです。そして、息子であるジョン・バリー基地司令官にも、よくその話をしていたそうです」

とフレミング大佐。そして、僕らを見た。

「そんな事もあり、横須賀基地の中で軍人に提供されているバーボンは、主に〈レッド・ロック〉なんだ。私も今回バリー司令官からその話を聞いて、その理由を知ったのだがね……」

と言った。

「という事は、バリーという現在の横須賀基地の司令官は〈レッド・ロック〉に好意的なんだな？」

熊沢が訊き、大佐はうなずいた。

「幸運にも……」とつぶやいた。

「じゃ、寄港してる空母で〈レッド・ロック〉のCF撮影をやるのは可能？」と熊沢。

「あとは、空母の艦長がオーケイすれば……」

そう言ったとき、フレミング大佐のスマートフォンが鳴った。

♪

大佐は、10分ほど話していた。やがて、冷静な口調で、

「了解しました」と言った。通話を切り、流葉の方を見た。

「オーケイ」と言い、戦闘機が発進するときのように親指を立ててみせた。

♪

「シンガーもロックバンドも山ほどいるが、空母の上で演奏するのは初めてかもしれないな」

流葉が、僕らに言った。熊沢はもう、プロデューサーの麻田と電話で打ち合わせをはじめている。

「ところで、空母ロビンソンの甲板はどのくらいの広さがあるんだ？」

流葉がフレミング大佐に訊いた。

「長さは355メートル、幅は52メートル、不足かな？」

と大佐。流葉は、肩をすくめる。

「悪くない」

♪

10分後。

「まず、現場のロケハンに行く必要があるな」と熊沢。

「そっちのスケジュールは？」と大佐に訊いた。

大佐はうなずき、また電話連絡をしはじめた。15分ほど話し、

「この3日間ほど、空母の甲板の保守点検が入っているようだ。なので、4日目以後ならオーケイだ」と言った。熊沢がうなずき、スタッフに連絡をしはじめた。


♪


翌日。午後3時。

うちの店で作戦会議のようなものがはじまった。

麻田に言わせると、〈ブルー・エッジ〉の社内でやると、情報が漏れる可能性があるという。

「社員の誰が、〈ZOO〉に買収されてるかわからないからな」

と麻田。ノート型パソコンを出した。

「さっきLAの支社からきたものだ」と言い、パソコンで映像を流しはじめた。

「〈ZOO〉がデビューさせる〈デベソのマッキー〉こと、竹田真希子《たけだまきこ》のミュージッ

ク・ビデオだ」

「唯のライバルの？」と僕。

「いちおう、そうなるな。デビューのタイミングが同じだし、アメリカに留学していた女性ミュージシャンという共通点がある」

と麻田。ボリュームを上げた。

曲と映像が、液晶画面に流れはじめた。

曲は以前に聞いた〈Touch Me Now《タッチ・ミー・ナウ》〉。アップテンポの曲だ。

〈ニューヨークの空にUFOが現れるコンピューター・グラフィックの映像〉

〈UFOから光の帯がおりてくる。かなり完成度の高いCG映像〉

〈その帯の中、歌いながら降りてくる主役のマッキー〉

〈体にぴっちりとした真っ赤なジャンプスーツ〉

〈プロポーションの良さを強調している〉

〈その後ろには10人ほどの男性のダンサーたち〉

〈全員、マッチョな白人で、黒く光沢のあるコスチューム〉

〈変わったデザインの黒いサングラスをかけている〉

〈ダンサーたちのコスチュームは、よく見れば少しずつデザインが違う〉

〈ときどき、歌っているマッキーとダンサーの動きがシンクロする〉

〈セクシーなアクションを加えながら歌うマッキー……〉


そんな映像だった。

見終わった流葉が、ひとこと、

「古いな、そこそこの予算はかけているが」とつぶやく。僕に向かい、

「この手は、ジャネット・ジャクソンあたりがやりつくしてるよな」と言った。


僕もうなずく。


こういうミュージック・ビデオは、山ほど見てきたので、

「本気で新しさを狙うなら、ビリー・アイリッシュの〈バッド・ガイ〉みたいに、本人が最初から鼻血を出すぐらいショッキングにやらなきゃ」

と言った。麻田がうなずき、

「はずしたくない、失敗したくないというのが見え見えだな」と言った。

「まあ、たいしたライバルじゃない」と流葉。

「しかし、なぜこれがここに？」と流葉が麻田に訊いた。

「うちのLA支社が、うまく手に入れたらしい。まだ、最終的な編集はすんでいないものらしいが……」と麻田。流葉は苦笑い。

「まるで諜報戦、スパイ戦だな」

「それだけ、音楽業界も競争が激しくなってるって事で……」麻田が言った。


♪


そのとき、麻田のスマートフォンに着信。

「会社からだな」

と言い、話しはじめた。5分ほど話し、

「ほう……」とつぶやく。そして、「その画像を、私のパソコンに送れるか？」

相手が何か言っている。

「じゃ、送ってくれ」と麻田。通話を終え、

「うちの会社に、何か、映像の売り込みがあったらしい」と言った。

「なんでも、唯に関する映像らしいんだが」と麻田。唯本人を見た。さらに、

「かなり昔の映像だとか……」とつぶやいた。

「売り込み？」と流葉。

♪

唯は、幼稚園児の頃から抜群に可愛い少女だったという。

12歳でスカウトされ、モデルの仕事をはじめた。当時の芸名は〈山崎ゆい〉。本名の唯を、ひらがなにしたものだ。

13歳の頃には、同時に5本のCFに出演する人気タレントになっていた。

そして、14歳のときに、最初のCDを出した。

その録音にギタリストとして参加したのが僕の父だったのだが……。

彼女は、いかにもアイドル路線のCDを2枚出した。

けれど、高校を卒業した18歳。唯は、自分の意志で芸能界からも卒業。

アイドル時代にためた預金を使い、ニューヨークのジュリアード音楽院に留学した。

そして、23歳のいま、大人のシンガーソングライター山崎唯として再デビューしよう

としている……。

そんな事を思い出しているうちに、

「映像がきたな」とパソコンに向かっている麻田が言った。

送られてきた映像が液晶画面に映りはじめる……。


♪


13歳か14歳に見える唯が映っていた。

場所は、どこかのレッスン・スタジオらしかった。

そこそこ広さがあるスタジオには、キーボード。それを、眼鏡をかけたおじさんプレーヤーが弾いている。

そして、唯がマイクと楽譜を前にしている。

青いギンガムのブラウスに、白いスカート。可愛い少女だが、まだほっそりとして、いかにも中学生だ。

キーボードの伴奏で、唯は歌いはじめた。どうやら、歌のレッスン……。デビューを前にした歌のレッスンらしかった。

彼女が歌いはじめたのは、初めてのＣＤに入っていた曲。
〈タンポポが咲く帰り道〉というタイトルの曲だった。
その映像を見たとたん、唯の表情が硬くなった……。

25　その爆弾は３００万円

懸命に歌っている感じだった。

まだあどけなさの残る唯。前にある譜面を見ながら、一生懸命に歌っていた。

この曲の譜面を渡されて間もない雰囲気だった。

唯は、子供の頃から、きちんとした音楽教育をうけてきたという。

4歳からピアノを習い、主に洋楽を弾いたり歌ったりして育ったという。

けれど、こういうアイドル向けの日本語の曲には慣れていない。それが、あきらかにわかる……。

〈黄色いタンポポが咲いている

学校からの帰り道
あなたと二人の帰り道
小さな胸は、ドキ、ドキ、ドキ……〉

そんな、可愛いが子供っぽい歌詞だ。

「この曲は、30分前に譜面を渡されたばかりで」と唯が言った。

それなら、うなずける。発声もうまくいっていない。ピッチ、つまり音程もところどころはずれる……。

「こんな映像が残ってたなんて……」

と唯がつぶやき、説明をしはじめた。


♪


当時、タレントとしての唯の人気がすごいので、CDを出そうという事になった。

「そのCDをつくる過程をドキュメント番組にしようと、あるテレビ局が企画したの」

と唯。

実際に、30分間のドキュメント番組が制作されたという。CDを制作していた3カ月間に、何回もスタジオにカメラが入ったらしい。

「これは、CDを制作しはじめたばかりのときで……」と唯。

CDに入れる1曲目の練習が、はじまったばかりのシーンだという。

「この映像は、まだ13歳と10カ月の頃だったわ……」と彼女がつぶやいた。

唯は、譜面を見ながら一生懸命に歌っている。

が、ときおり音程がはずれる。すると、伴奏しているキーボードが止まる。

「ちょっと音がはずれたね」

とキーボードを弾いている眼鏡のおじさんが苦笑い。彼が、この曲の作曲者なのかもしれない。

「すいません」と唯。

「じゃ、もう一度ね」とおじさん。

そんなやりとりが続く……。

♪

「こんな場面は、オンエアーされたドキュメントでは使われてなかったんだけど……」

と唯。

ここまで素人っぽく見えるシーンは、完成したドキュメント番組では使われていなかったという。

もちろん、レコード会社からのチェックが入ったとも想像できる。


♪


「ということは……」

と麻田がつぶやく。スマートフォンを手にした。どうやら、会社にかけている。すぐに、部下らしい人間と話しはじめた。

10分ほど話し通話を切った。

「この映像を売り込んできたのは、増田《ますだ》タダシというカメラマンらしい」

「カメラマン?」と熊沢。

「ああ、フリーのカメラマンで、テレビ番組制作会社の仕事をしているらしい」

「制作会社か……」熊沢がまたつぶやいた。

ある時期から、テレビ番組の制作は外注するケースが多くなった。それは、僕も知っている。

「だから、この唯のドキュメントも、〈クリップ〉という制作会社がテレビ局の下請けとして作ったらしい」

と麻田。

「その〈クリップ〉で仕事をしてたのが、増田というカメラマンか……」と熊沢。

麻田がうなずき、

「もちろん、撮った映像は編集して番組を作るわけだが、使われなかった映像を、このカメラマンが持っていた。あるいは、コピーして持っていた。そういう事だろうな」

と言った。

この撮影をしたとき唯が13歳だとすれば、いまから10年前。

映像はもちろんデジタル。いくらでもコピーできる。

「で、その増田というカメラマンは、〈ブルー・エッジ〉にどんな売り込みを？」

流葉が麻田に訊いた。

「なんでも、３００万でこの映像を買ってくれないかと持ちかけてきたらしい」

「300万円か……」と熊沢がつぶやいた。

「唯が大人のシンガーソングライターとして、うちから再デビューするという情報は、とっくに業界内に流れている」と麻田。

「そこで、この映像をうちで買ってくれないかという事だな」とつぶやいた。

デビュー前の唯……。やたらに素人っぽく稚拙《ちせつ》に見える映像……。

いわば、暴露《ばくろ》されたくない映像。それを買ってくれないかという事なのだろう。

「この映像は爆弾だという事だな。それを300万で買えというわけか……。早い話、ゆすりだな」と流葉。

「名前は増田タダシだが、あまり正しくないやつらしい……」と言った。

「さて、どうしたものかな……」と麻田。

しばらく腕組みしていた流葉が、

「とりあえず、そのカメラマンと会おうじゃないか」と言った。


♪

翌日。流葉から電話がきた。

「明日、おれが例のゆすりカメラマンと会って取り引きをする事にした。つき合ってくれ」

と言う。しかも、

「涼夏も一緒に連れて来てくれないか。午後1時半に真名瀬の岸壁で会おう」

それだけ言った。

♪

「もう夏だな……」

船の上で流葉が言った。確かに、陽射しは強く、パチパチと海面に弾けている。

白い積乱雲が、ソフトクリームのように盛り上がっている。

僕らは、港の岸壁に舫った流葉の船にいた。すでに簡単な打ち合わせをすませたところだった。

やがて、一人の中年男が岸壁を歩いてきた。

四十代だろうか。

痩せ型。長い髪を後ろで束ねている。カメラマンらしさを演出しているらしい……。

黒い半袖のポロシャツ。コットンパンツ。茶色の平べったいバッグを持っている。

こいつが、増田というカメラマンなのだろう。

船に近づいてくる。

「流葉さん？」と訊いた。流葉が、うなずいた。

「じゃ、取り引きは海の上でやろう」と言った。

増田が、岸壁から船に乗り移ってくる。少しぎこちないその動作で、船に乗り慣れていないのが、わかる。

そして、視線に落ち着きがない……。

流葉と僕が、船の舫いをとく。流葉がクラッチを入れ、船は岸壁を離れる。

ゆっくりと港を出ていく……。


♪


10分後。

森戸海岸の沖。流葉は、クラッチを中立《ニュートラル》にした。

船は、砂浜から100メートルほどの沖で止まった。

「じゃ、取り引きをしようか」

と流葉が言った。増田がうなずく。バッグから、一枚のディスクを取り出した。

「それが例の映像かな？」と流葉。増田は、うなずいた。

「で、金は？」と訊いた。

「金を払う前に、ひとつ確認したい事がある」と流葉。

「その映像が、すでに〈ZOO〉に渡っていないという保証は？」と訊いた。

「というと？」

「つまり、あんたがすでにその映像を〈ZOO〉に売っていて、さらに〈ブルー・エッジ〉にも売りつけようとしている、そんな可能性はないのかな？」と流葉。

3秒ほどして、

「……そんな事はしてないさ」

ぼそりと増田が言った。

その瞬間、流葉が涼夏を見た。涼夏が、微かに首を横に振った。

「そうか……それならいいんだが」

と流葉。操船席に置いてある封筒を手にした。

それを受け取ろうと、増田が立ち上がった。

そのとたん、流葉が船のクラッチを入れ、ガバナーつまりアクセルをふかした。

船が急発進！

立っている増田は、よろける。両手で宙をかく。船べりから、海に落ちた。

26　ローリング・ストーンズなら、どの曲がいい？

30分前に打ち合わせした通りだった。

流葉は、僕と涼夏にこう説明した。

「この取り引きは、どう考えても怪しい」と口を開いた。

「まず、相手が要求してきた300万が安過ぎる」と流葉。

「あの爆弾映像が世の中に流れれば、唯をデビューさせる〈ブルー・エッジ〉も、〈レッド・ロック〉の広告キャンペーンも大きな打撃をくらう……そう考えるのが当然だろう」

僕は、うなずいた。

「そうなると、打撃による損失は、数千万、あるいは億単位になると予想できる」と流葉。

「それにしては、300万というのが安過ぎる気がする」

と言った。

「安過ぎる……」僕はつぶやいた。そうかもしれない……。

「そこで考えられる事。この増田というカメラマンが、唯の映像をすでに〈ZOO〉に売っている。その後、〈ブルー・エッジ〉にも売って二重に儲けようとしている」

僕もうなずいた。

映像は、何本でもコピーできるから、あり得る事だ。

「そのところを、突ついてみるつもりだ」と流葉。

「そこで、君の耳が欲しい」と涼夏に言った。

そして僕を見た。

「彼女の耳には、特別な能力があるようだ。その人間が言った事が本当かどうかを見破る能力が……」

と言った。僕は、うなずき、

「かなりの確率で」と言った。

「じゃ、おれが相手を突ついて、もし相手がとぼけたら、それが本当かどうか見破ってくれないか？」と涼夏に言ったのだ。

「オーケー」と流葉。

そして、その通りの展開になった。


♪


「上げてくれ！」

と増田。水面で叫んだ。バシャバシャと水をかいている。

「自分で飛び込んだんじゃないか。せっかく湘南まで来たんだから、ひと泳ぎしていけよ」

と流葉。船の隅にあった古いライフジャケットを増田に放った。

そして、僕に目で合図した。

僕は、スマートフォンをとる。陽一郎にＬＩＮＥ《ライン》を送った。

海面の増田は、ライフジャケットを両手でつかみ、

「上げてくれ！」と叫んだ。

「ダメだね。どうやら、あんたは嘘をついてるようだ」

「嘘？」

「ああ、山崎唯の映像をまだ〈ZOO〉には売ってないと言ったが、それはどうかな？」

流葉が言ったとき、船の無線機が鳴りはじめた。

「流葉さん、とれますか？」と陽一郎の声。

無線機からかなり大きなボリュームで響く。

「ああ、とれてる」と流葉。無線に応答する。

これも打ち合わせ通り。陽一郎は、近くの海域から無線を飛ばしている。

「なんか、でかいサメがうろうろしてますね」と陽一郎。

「サメか……」と無線のマイクを握った流葉。

海面にいる増田の表情が変わった。

「4メートルぐらいのでかいホオジロザメが3匹ほどうろついてますね。気をつけてください」

と陽一郎。打ち合わせ通りのセリフが無線機からガンガン響いた。

「ホオジロか……。人喰いザメだな、やばいな」と流葉。

僕は思わず笑いかけた。

相模湾にも、もちろんサメはいる。が、体長4メートルものでかいホオジロザメが、砂浜から100メートルの浅瀬まで来る事はまずない。映画の〈ジョーズ〉ではないのだから……。

「流葉さん、いまどこですか？」

「森戸の沖」

「あ、近いです。うちの船も森戸の沖ですから。サメのやつ、この辺にいますよ」と陽一郎。

増田の顔が引き攣る。

「上げてくれ！」と叫んだ。

けど、海面から船べりまでは50センチ以上ある。いくら手をのばしても、自分で上がるのは無理だ。

「その昔、〈イルカに乗った少年〉って曲があったが、〈サメに齧《かじ》られた中年〉ってのも悪くないかな」と流葉。

増田が、必死な表情でまた何か叫んだ。

「それじゃ、吐いてもらおうか。唯の映像を〈ZOO〉に売ってないのかな?」

と流葉。

海面の増田は無言……。とぼけるつもりか……。

「じゃ、いいや。サメと遊んでろ」と流葉。船のクラッチを〈前進《フォワード》〉に入れた。

船が動きはじめた。

「待て! 待ってくれ!」と増田の叫び声。

流葉はクラッチをまた中立に戻した。増田との距離は5メートル。

「最後に一回だけ訊くぜ。あの映像を、〈ZOO〉に売ってないのか?」

「……売った……」と増田。

「やっぱりか。いくらで」

「い……一千万」

「で、〈ZOO〉の誰に売った」

「な……中野《なかの》というプロデューサーだ」

と増田。流葉が僕を見た。僕は、軽くうなずいた。〈ZOO〉の中野は、以前に僕を
買収しようとしたやつだ。

「欲張ったのは失敗だったな。一千万も稼げば充分だろう」

流葉が、増田に言った。

「もたもたしてるとサメにケツをかじられるぞ」

と言い捨てた流葉が、船のクラッチを前進に入れた。

増田は、何か悲鳴を上げる。

ライフジャケットをかかえ、悲鳴を上げ続けながら、バタ足で水を蹴りはじめた。

森戸海岸の方向に必死で泳いでいく……。それを見て、

「あいつ、うまくやったつもりなんだろうな……」

僕はつぶやいた。

「そういう事だな」

と流葉。さらに船のアクセルを開いていく。


♪


「やっぱり、あの映像は一千万で〈ZOO〉に売り飛ばされてた」

と流葉。スマートフォンで麻田と話している。船を真名瀬の岸壁に舫い、エンジンを

切ったところだった。

「そうか……」と麻田。

「となると、唯が歌っている場面を使う〈レッド・ロック〉のCFが流れはじめると同時に、あの映像が世の中に流されるな」と言った。

「ああ、YouTube《ユーチューブ》やTikTok《ティックトック》で派手に流すだろうな」と流葉。

「それによってCFのイメージがぶち壊しになる可能性は？」と麻田。

「あるかもしれない」

「それを防ぐ手は、あるのか？」と麻田が言った。

「わからないが、これから考える」と流葉が答えた。


♪


「うちの店に？」と僕。

「ああ、ちょっと寄らせてくれ。ビールの一杯も飲みたいし」と流葉が言った。船から岸壁に上がったところだった。

「BUDはないぜ」僕は国産ビールを流葉に渡した。

流葉は苦笑い。

「まあ、妥協するよ」と言った。店の中を眺めている。夕方近い陽射しが窓から入り、ギターの弦に光っている。

♪

流葉は、サッポロの缶ビールをひと口……。

「しかし、うちの店に来たのは、そのビールが目的じゃないだろう?」

僕は言った。

「鋭いな」と流葉。店の隅に並べてある中古のCDやDVDを見た。

「ところで、ストーンズのDVD、あるか?」と訊いた。

「たぶん、中古ならあるはずだ」僕は言い、涼夏を見た。

涼夏が、中古のCDなどが並んでいる棚に行く。

視力が弱いので、並べてあるCDやDVDに顔を近づける。それでも10秒後には、

「あった」と一枚のDVDを取り出した。記憶力がいいので、どのCDやDVDがどこ

にあるか覚えているのだ。

それは、横須賀基地の軍人が売りにきたものだった。

ローリング・ストーンズが、1990年に日本でやったコンサート。それを記録したDVDだった。

僕は、それをパソコンに入れた。

やがて、映像と曲が流れはじめる。

ストーンズのコンサートの定番で、〈Start Me Up《スタート・ミー・アップ》〉からはじまる。

かなり若かったM《ミック》・ジャガーは大口を開けて歌い、K《キース》・リチャーズは派手なアクションでテレキャスターを弾いている。

次々とヒット曲が流れる。

〈Ruby Tuesday《ルビー・チューズデイ》〉。

〈Honky Tonk Women《ホンキー・トンク・ウイメン》〉。

〈Paint It Black《ペイント・イットト・ブラック》〉。

おなじみの〈Satisfaction《サティスファクション》〉、などなど……。

流葉は、ビール片手にその映像を見ている。足先でリズムをとりながら……。

やがて、

「哲也は、ストーンズが好きか？」と訊いた。

「もちろん」

「どのナンバーが一番？」

僕はしばらく考え、

「〈ジャンピン・ジャック・フラッシュ〉かな」と言った。流葉は笑顔を見せ、

「やっぱりギタリストだな」と言った。

そして苦笑した。

〈Jumpin' Jack Flash《ジャンピン・ジャック・フラッシュ》〉は、ギターが派手に暴れる曲だ。

「じゃ、涼ちゃんは？」と流葉が涼夏に訊いた。

彼は、いつからか涼夏の事を妹のように〈涼ちゃん〉と呼んでいる。なぜか……。

涼夏は少し考え、

「静かな〈アズ・ティアーズ・ゴー・バイ〉かな。少しドキドキするけど……」

と言った。流葉がうなずいた。何か考えている雰囲気。

店にストーンズが流れ続ける……。

♪

「わあ！」と涼夏が声を上げた。

「横須賀基地って、こんなに広いんだ……」

27　ジェット戦闘機でも飛ばそうか

2日後。昼過ぎ。

僕らは、ロケハンのため、2台の車で横須賀基地に入ったところだった。

僕がステアリングを握るワンボックス・カーには、涼夏、唯、ジム、プロデューサーの麻田などが乗っている。

流葉のジープには、熊沢や撮影スタッフたちが乗っている。

横須賀基地のゲートでは、フレミング大佐が待機してくれていた。

「ついてきてくれ」と大佐。Yナンバーのホンダに乗り込む。走りはじめた。

僕のワンボックスと流葉のジープは、大佐の車について基地の中に入っていく……。

横須賀基地は、海に突き出した半島の全部を使っていて、広い。

中には、軍人の家や宿舎、ショッピング・センター、映画館、学校、広いグラウンドなどがある。

迷彩柄の服を着た軍人が歩いている……。

金髪の少女が、スケートボードで走っていく……。

アメリカ郊外の街のようだ。その広さに、

「わあ……」と車の窓から顔を出した涼夏。

やがて、フレミング大佐の車が停まった。

ホワイトハウスのようなデザインの建物の前だった。ここが基地の司令部らしい。

大佐は、車からおりたジムに向かい、

「司令官が挨拶をしたいそうです」と言った。


♪


「ほう……」と麻田。

「なかなか豪勢……」と熊沢。

僕らは、その立派な建物に入り廊下を行く。

突き当たりに部屋があり、白い制服の若い軍人が入り口の左右に立っている。

軍人たちが、フレミング大佐に向かい敬礼をした。大佐も軽く敬礼を返し、僕らは部屋に入った。

広い部屋だった。

奥にデスクがあり、後ろには星条旗。

手前には、20人ぐらいが会議をできそうなテーブル。

奥のデスクから、一人の男が立ち上がった。

六十代の後半、あるいは70歳ぐらいだろうか。金髪に、かなり白髪が混ざっている。

階級はわからないが、士官の制服を身につけていた。背が高く姿勢がいい。

彼は、穏やかな笑顔でジムの方へ歩いてくる。

「ジム・ハサウェイさんですね。横須賀基地司令官のジョン・バリーです」

と言った。ジムとがっちり握手をした。

♪

「これは……」

とジムがつぶやいた。

司令官のバリーが差し出した一枚の写真を見たところだった。

古ぼけたモノクロ写真が、額に入っている。

「私の父と、あなたのお父上のリック・ハサウェイさん。この写真は従軍カメラマンが撮ったものです」

とバリー。それは、どうやら戦場で撮った写真らしい。

二人の米兵が並んでいる。

「お聞きになっていないようですが、この硫黄島の戦闘で、私の父の部隊は、あなたのお父上の部隊に救われた」とバリー。

「この写真は、その戦闘の直後らしいです」と言った。

確かに、ヘルメットをかぶり小銃を持った二人の服は泥まみれだ。

そして、放心したような表情……。

「このあと、あなたのお父上が、金属のスキットルに入ったウイスキーを気つけにひと口飲ませてくれた……。その味は生涯、忘れられないと、父は口癖のように言ってました」

「……それが、〈レッド・ロック〉？」とジム。

バリーが、無言でうなずいた。

♪

「今回、〈レッド・ロック〉を日本でも本格的に販売するとか……」とバリー。

ジムは、うなずいた。そして、ぽつりぽつりと話しはじめた。

ジムが若かった頃のニューヨーク。日本人留学生の娘と恋に落ちて……。

けれど、その恋には辛い別れが待っていた。

そのいきさつを話す……。

できる限りさらりと話しているのが、僕にもわかった。

「未練がましいかもしれないが、この日本のどこかにいるかもしれない彼女に、私のバーボンを届けたくて、CFを流す事にしたわけです」

と言った。バリーが、ゆっくりとうなずいた。

「そんな事があったんですね……」しみじみとつぶやいた。そして、ジムの腕を軽く叩いた。

「私たちにできる事なら、なんでもします」とバリー。

「なんなら、空母のロビンソンに艦載《かんさい》してあるジェット戦闘機を飛ばしましょうか？」

とジョークを言い、白い歯を見せた。


♪


「すげぇ！」

と撮影スタッフの一人が声を上げた。

僕らは、空母ロビンソンの甲板に立ったところだった。

ロビンソンは、基地の北側岸壁《ノース・ピア》という場所に着岸していた。

僕らはその横っ腹から艦内に入る。巨大なエレベーターで上がっていく。

そして、広大な甲板に立った。

「F1のレースでもできそうだな」と苦笑いしながら流葉が言った。

いまは午後2時半。傾きかけた陽が、甲板とその向こうの海に射している。

あたりを見回していた流葉が、

「この1時間後ぐらいがカメラを回すチャンスだな」と言った。

「ピアノと唯の位置は？」と熊沢。
「そこだ。斜光が彼女の横顔に射すし、その向こうが海抜けの映像になる」
と流葉。撮影スタッフが、甲板にチョークでその位置をマークした。
「カメラは？」と熊沢。
「3台とも、この方向からだ」と流葉。
「一番引きの映像を撮るカメラは、イントレにのせよう」と言った。
「イントレは何段？」と熊沢。
「2段でいい。この位置に組む」と流葉。
と緊張した言葉が飛び交う。
スタッフが、次つぎと甲板にチョークで、カメラなどのポジションを描いていく。
さらに、ドラムスの位置。
ギター・アンプの位置。
そして、ＰＡ装置を並べる位置などなど……。
甲板に、活気と緊張がみなぎっている。

♪


「どうした」

流葉が、唯に声をかけた。

確かに、唯の表情にいまひとつ元気がない。

「例の映像の件が気になるのかな?」と流葉。

〈ZOO〉に渡ってしまった、唯が13歳のときの映像。彼女にとって、それが気にならないはずはないだろう。

「このCFがオンエアーされると同時に、あの映像が世の中に流れたら……」

と唯がつぶやいた。流葉が、うなずいた。

「心配になって当然だよな……。だが、その心配はもう解決ずみなんだ」と言った。

そして、そばにいたスタッフから、チョークを受け取った。


♪

「これが、1カメが撮るファースト・シーンだ」

と流葉。甲板にチョークで四角いフレームを描いた。

「ピアノを弾いて歌っている唯の、アップを撮る」と言った。その絵をサラリと描く。

また四角いフレームを描く。

「つぎは、2カメ。唯とピアノ全体を撮る。背景に広がる海を入れて……」

と言った。全員が、それを囲んで見ている。

「そして、3カメ。イントレの上から、思い切り引いた映像を撮る。ここが空母の上だとわかる映像だ」

と流葉。

「そして、この映像に流れるメッセージ」と言った。

3行の言葉をチョークで書いた。

それを見たとたん、その場の全員が、かたまった。

28　哲っちゃんが買ってくれたワンピースだから

甲板にチョークで書かれた3行……。

うまくやるって、
うまく生きるって、
そんなに大事ですか？

流葉は、そのわきに英語でも同じフレーズを書いた。たぶん、ジムにもわかるように
……。

「そして、最後に商品カットと商品コピー」と言い、四角いフレームの中に、ウイスキ

ーのボトルらしいのを、サラリと描いた。

〈不器用なバーボン。レッド・ロック〉

それを、日本語と英語で書いた。


♪

5秒ほどそれを見つめていて、

「これは……」

と最初につぶやいたのは、麻田だった。

「すげえ……」と撮影スタッフの一人が思わず言った。

「確かにすごい……。〈ZOO〉が、唯のあの映像を世の中に流したとしても、このメッセージがそれを迎え撃つ」と麻田。

「13歳だった唯の、いわば稚拙で未完成な映像が世の中に流れたとしても、〈うまくやるって、そんなに大事ですか?〉のメッセージが流れたら、相手の狙いが何の効果もなくなる……」

と言った。

熊沢も腕組みし、

「さらに、これは人生に対するメッセージにもなってる……」とつぶやいた。

「うまく生きるって、そんなに大事なのかというメッセージに……。そして、ラストには〈不器用なバーボン〉の商品メッセージにも結びつけている」と言った。

流葉を見て微笑し、

「お前さん、やはりただ者じゃないな」とつぶやいた。

本人の唯はもちろん、誰もがその3行を見ていた……。

やがて、ジムが流葉を見た。

「不器用なバーボンもその通り……。このすべてが、最高のメッセージです」と言い握手した。


♪


「しかし、このメッセージは、どこから発想したんですか?」

と麻田。甲板を眺めて、流葉に訊いた。

「彼らからさ」と流葉。そばにいる僕と涼夏を見た。

「哲也君たちから？」と麻田。

「ああ、そうだ。まずは、あのカメラマンの増田のイカサマを見破って追い払った。あのとき、哲也がつぶやいたんだ」

「何て？」と麻田。

「あいつ、うまくやったつもりなんだろうな……。逃げていく増田を見て、哲也がそうつぶやいた。そうだったよな？」

流葉が僕に言った。

「確かに……」

「あの〈うまくやったつもりなんだろうな〉のひと言が、頭に引っかかってな。それで、哲也の店に行って、ＤＶＤを観た」

「ああ、ローリング・ストーンズの……」僕は、つぶやいた。

流葉がうなずいた。

「上手いとか下手とか考えるとき、よくストーンズの演奏が頭をよぎるのさ」と流葉。

僕を見て、

「ストーンズって、上手いバンドだと思うか？」と訊いた。

僕は、首を横に振った。

「はっきり言って上手くはない。特にステージでは……。ミックはよく音程をはずすし、キースのギターはミスだらけだし」と言った。

「その通り。あのとき哲也の店でストーンズのＤＶＤを観てて、あらためてそれを確認したよ」と流葉。

「しかも、涼ちゃんにストーンズで好きな曲を訊いたら、スロー・バラードの〈アズ・ティアーズ・ゴー・バイ〉だという。そして、〈少しドキドキするけど〉と言ったね」

と流葉が涼夏を見た。涼夏が、うなずき、

「だって、ミック・ジャガーがスロー・バラードを歌うと、しょっちゅう音程をはずすから、ドキドキするわ」

と言った。

それは僕にもわかるが、鋭敏な涼夏の耳には、もっとよくわかるのだろう……。

流葉が、白い歯を見せてうなずいた。麻田を見た。

「これでわかるように、ストーンズは決して上手いバンドじゃない。けど、強烈に人を惹きつける力がある」と言った。麻田が、うなずき、

「確かに、その通りだな……」

「つまり、上手いか下手かなんて、たいして大事じゃないのさ。音楽だろうと、生き方だろうと」と流葉。

「そうか……。それで、〈うまくやるって、うまく生きるって、そんなに大事ですか？〉というメッセージが出来たのか」と麻田。

「まあ、そんなところかな」流葉は、こともなげに言った。その場のみんながうなずいていた。

「一度、あんたの頭の中をのぞいて見てみたいものだな」麻田が言うと、

「見物料は高いぜ」と流葉が笑った。


♪


さらに傾いた陽が、空母の甲板に射している。そこに描かれたチョークを見て、

「日本の広告史上、初めて空母の甲板に描かれたＣＦコンテだな」

と熊沢がつぶやいた。

♪

2日後。撮影本番の前日。

僕らは、七里ヶ浜にいた。明日の撮影にそなえ、唯は都内のホテルから七里ヶ浜のプリンスホテルに移っていた。

いま空母ロビンソンには、ＰＡシステムやイントレの資材などが運び込まれているはずだ。

流葉や撮影スタッフたちは、そっちに行っている。

スタイリストやヘアメイクがホテルの部屋に来て、唯と打ち合わせをしていた。

撮影のコスチュームは、唯のいつも通り。スリムなジーンズに、シンプルな白いシャツ。

小さな金のピアス。

それが決まり、ヘアメイクの女性が唯の髪を少しだけカットした。

撮影のとき、ほどよく海風に揺れる長さに……。それらは、流葉からきた指示らしい。

唯のカットが終わったところで、

「じゃ、つぎは涼夏ちゃんだ」と麻田が言った。

「え、わたし？」と涼夏。


♪


麻田が説明しはじめた。

CFのカメラが撮るのは、唯だけだ。けれど、演奏してる僕らも撮影するという。

「CFと同時に、MV、つまりミュージック・ビデオの撮影もしたいんだ」

と麻田。〈マンハッタン・リバー〉、その3分55秒のMVも同時に作るという。

そのために、麻田がすでに腕のいいカメラマンたちを手配してあるという。

「演奏してる間、手持ちのカメラ2台で君たちの姿も撮る。それをCFの映像と合わせて、約4分のMVにする予定だよ」と麻田。

「それを編集するのは？」僕は訊いてみた。

「なんと、流葉さんみずからが編集してくれる事になってる」

「へえ……」

「私も少し驚いたが、流葉さん、ほかの人間にやらせたくないようだ」

麻田が言った。そして、

「特に涼夏ちゃんの映像は、今後の事もあるから長めに撮る予定なんだ」

と言い、ヘアメイクの女性にうなずいてみせた。

ヘアメイクさんが、涼夏の髪をカットしはじめた。


♪


「わあ……」と涼夏がつぶやいた。

カットが終わり、鏡を見たところだった。

涼夏の髪は、いつも真ん中で分けている。それにヘアメイクさんが手を入れた。

前髪を、眉のところでカット。前髪がパラパラと眉にかかるようにした。

それを鏡で見た本人が〈わあ……〉とつぶやいた。視力の悪い涼夏でもわかるのだろう。とても可愛くなっていた。

麻田もそれを見て大きくうなずいている。


♪

「あれ、この服……」

と僕はつぶやいた。

夜の10時。うちの二階。涼夏の部屋だ。

彼女は、あの服を着て鏡の前に立っていた。

僕が、ギターで臨時収入を稼いだ日、涼夏に服を買ってやった。青山通りの店で、買ったワンピース……。

ノースリーブで青い花柄の、若々しいワンピースだ。

明日の撮影で、この服を着るつもりらしい。それはいいとして、

「タグがついてるぜ」と僕は言った。

ワンピースの首筋にあたるところに、服のブランドが印刷されているタグがついている。それを見て、

「これって、初めて着るんだ……」僕はつぶやいた。

これを買ってやってから、かなりたつ。けれど、涼夏が着たのを見た事がない。

明日の撮影で初めて着る……。

「だって、哲っちゃんが買ってくれた服だから、もったいなくて着られなくて……」

と涼夏がつぶやいた。涙ぐんでいるのか、湿った声だった……。

僕の胸は、しめつけられた……。

涼夏の後ろから、両手で優しく抱きしめていた。その僕の手に彼女の手が重ねられた。

僕の前には、涼夏の首筋と肩があった。風呂上がりなので、ボディーソープの香りが漂う……。

そのほっそりとした肩に、僕はそっと口づけをした。

窓の向こうからは、真名瀬海岸の波音が微かに聞こえていた。

部屋のミニ・コンポからは、〈Let It Be Me《レット・イット・ビー・ミー》〉がゆったりと流れている。

29　本番5秒前

「遅れてるな」

と熊沢。腕時計を見てつぶやいた。

撮影当日。午後の1時過ぎ。

空母ロビンソンの甲板では、撮影の準備が行われていた。

同時録音なので、スタッフの人数は多い。

甲板には、軍人たちの姿もある。物珍しいらしく、30人ぐらいの米兵が周囲で見物している。

PAを背中にして、僕らはリハをしていた。

ジムはグレッチを、そして僕はフェンダー・テレキャスターを肩から吊っている。

僕のすぐ隣りでは、涼夏がマイクを前に立ち、かなり緊張した表情……。

ドラムスの陽一郎やベースの武史は、気合が入った顔つき……。

そんな僕らの姿を、麻田が手配した2台の手持ちカメラが撮りはじめている。

甲板の中央には、スタインウェイのピアノ。

唯が、その鍵盤に指を走らせる。

マイクに向かい曲のワン・コーラスを歌った。その表情とPAから流れる声には、ピンとした張りがある。

彼女の気持ちは、完全に立ち直ったらしい。


♪


が、カメラをのせるイントレを組むのが遅れているようだ。流葉は、無言で腕組みをしている。

「急げ！　もたもたするな！」と熊沢がスタッフたちに叫んだ。

そのときだった。見物していた米兵の2人が、イントレの組み立てを手伝いはじめた。

すると、周囲にいた30人ほどの米兵たちが次つぎとイントレを組む手伝いをはじめた。

逞《たくま》しい米兵たちなので、軽々とイントレの鉄パイプや鉄板を運んでいく。

それに気づき、

「サンキュー」と日本人のスタッフたち。

「ノー・プロブレム」

「ダイジョーブ」

などと米兵たちが笑顔を見せる。

ふと気づけば、基地司令官のバリーが僕らのそばに立っていた。

日本人スタッフとアメリカ兵が、ごく自然に協力している、そんな姿をじっと見つめている……。やがて、

「あの硫黄島はもちろん、太平洋戦争で散った日米の兵士たちすべてに伝えたいものだな……。あなたたちの命は無駄ではなかった。いまこうして平和で美しい光景が見られるのだからと……」

バリーはつぶやいた。

そして、腕組みをしたまま、じっとその光景を見つめている。

イントレを組み立てるピッチが速くなっていく……。

♪


「あと15分ぐらいでカメラ回せます」

とチーフ・カメラマンらしい男が流葉に言った。

イントレの組み立ては終わり、その上にのったカメラマンやアシスタントがスタンバイを完了していた。

すでに甲板にセットされている2台のカメラは、ピアノを前にした唯に向いている。

流葉が、ジムを見た。

「そろそろだぜ、クライアントさん」と流葉。ジムは、うなずいた。そして、

「このCFが、どこかにいる彼女に届くのかな？……届けばいいんだが……」とつぶやいた。

しばらく無言でいた流葉が、

「それは、わからない」と言った。さらに5秒……。

「だが、大切なのは、何ができたかじゃなく、何をやろうとしたかじゃないか？」

と言った。

しばらく考えていたジムがうなずき、

「……きっとそうなんだな……」とつぶやいた。

そのとき、

「お持ちしました」という声。

白い制服を着た士官が、銀のトレイを持ってきた。

その上には、小さなショット・グラスが2個のっている。

グラスから漂う香りが、海風にのってくる。それは、バーボンの香りだった。

流葉が、

「サンキュー」と言った。流葉とジムは、グラスをとる。一瞬視線を合わせ、バーボンを一気に飲んだ。

その光景をそばで見ていた僕は、ふと思った。

彼らがそれぞれに飲み込んだのは、過ぎた日に失くした恋人との思い出なのではないか……。

グラスをトレイに戻した流葉が、

「じゃ頼むぜ、ギター爺さん」と言い、笑顔でジムの肩を叩いた。

「わかったよ、生意気なディレクターさん」とジムが白い歯を見せた。
涼夏も、目をこらしてその光景を見ている。僕は、その肩をそっと抱いた。

♪

「いくぞ!」
と流葉の声。
現場に緊張が走る。ピアノを前にした唯が、深呼吸をひとつ……。
流葉は、目を細め、周囲を見回した。
夏の初めの明るい陽が、斜めに射している。
ドラムスのハイハット。
僕やジムが肩に吊ったギターの弦。
そして、海風に揺れている唯や涼夏の髪。
そのすべてが、陽射しをうけて光っている……。
「本番5秒前!」と流葉。
すべてのカメラで作動ランプが赤く点灯した。

僕は、ピックを握りなおした。

「3……2……1……スタート!」の声。

ピアノ、ギター、ベース、そしてドラムスの音が、空母ロビンソンの甲板に流れはじめた。

あとがき

久しぶりに鎌倉の〈流葉亭〉に行った。

相変わらず地味な店構えだが、入るといい匂いが漂っている。

午後4時と半端な時間なので、客はいない。

カウンターの中で、白髪頭《しらがあたま》の巖《がん》さんが笑顔でうなずいた。もういい年なのに背筋がしゃっきりと伸びている。

「いらっしゃい」と言いながら、さりげなく僕の前にBUD《バド》を置いた。

「釣りはどうですか？」

「まあまあ……」とだけ僕は言った。そこそこの釣果《ちょうか》をあげていたけれど、自慢話はどんな場合でも美しくない。

「ところで、あいつがひさびさにCFを撮ったと聞いたんだけど」と僕。

「若ですか？」と巖さん。僕がうなずくと、

「どこでその噂を？」

「ギタリストの哲也《てつや》に聞いたよ」

僕は言った。哲也の《しおさい楽器店》はすぐ近所だ。フェンダーやギブソンの調整をするために、ときどき行く。

「哲也のあの性格じゃ、爽太郎《そうたろう》と喧嘩《けんか》にならなかったか？」

僕は言い、BUDをひと口……。

巖さんは、苦笑い。自分もキリンラガーをグラスに注いだ。

「それが、若は哲也さんに会ったとき、ピンとくるものがあったらしく、あいつの仕事ならしてもいいかなと言ってました。珍しいことですが」

「ほう……哲也のどこにピンときたのかな？」と僕。

「若が言うには、〈あいつ、上手な生き方はしてないが、まっとうな生き方をしてるようだ〉と……。あっしも、あの哲也さんにはそんな印象を受けましたがね……」

　と巖さんは言った。

僕は、うなずき、

「確かに……」とつぶやいた。

〈まっとうな生き方〉は爽太郎がよく使う言葉だった。そして、僕もまた……。

「結局は、そういう事なんだな……」

と僕はつぶやいた。

「あいつ、今日も海か？」

「いえ、若なら、撮ったフィルムの編集に東京に行ってますよ」と巖さん。

「たまには真面目に仕事するんだな」

と言ったとたん、ドアが開き、爽太郎が入ってきた、

「たまにはは余計《よけい》だよ。巖さん、ノドが渇いた。ＢＵＤ！」

巖さんが苦笑いをして冷蔵庫のドアを開けた。イーグルスが低いボリュームで流れている。

僕はまたＢＵＤに口をつけた。

♫

『A7』からスタートしたこのシリーズも、光文社文庫の担当編集者が園原行貴さんから

藤野哲雄さんにバトンタッチして第4弾。

つねに作者の背中を押してくれるお二人には、ここで深く感謝します。

今回は、あのCFディレクター、流葉爽太郎が哲也とタッグを組んで活躍！

湘南の潮風の中で展開するストーリーや登場人物の生き方が、あなたの心の奥にまで響いてくれれば作者としては嬉しい。

この一冊を手にしてくれたすべての読者の方には、サンキュー。また会える日まで、少しだけグッドバイです。

桃の花が咲く葉山で　　　喜多嶋隆

しおさいの響き〜『D_m』に寄せて

名智《なち》　理《おさむ》
（有隣堂　STORY STORY YOKOHAMA　店長）

「しおさい楽器店ストーリー」を読み始めてから、ぼくはウクレレを始めた。
シリーズのタイトルはそれぞれコードになっている。
ぼくはウクレレでその響きを確かめてみる（太い指で慎重に弦を押さえる）。
A_7……どことなく、始まりを予感させる響き。
$B^\flat$……指が攣《つ》りそう！　難しい（笑）。
C……誰もが最初に覚えるコード。安らぐ響き。
そして、D_m。

これはよく出てくるからちゃんと弾ける。変化や次への繋がりを予感させる響き。

真名瀬《しんなせ》の小さな港町と、楽器店と、そこに暮らす人々が織りなす物語も4作目。

そしてなにより、ファンが待ちわびた、流葉爽太郎《ながればそうたろう》の帰還。

今作はCFギャング・シリーズのムードが色濃く出ていて、前作『C』で描かれた人生と恋の静かな物語とは一転して、アクション・エンタテインメント小説に仕上がっている。

なんといってもS&Wジャパンの遊撃隊、「流葉チーム」が活躍するのだから。

主人公の哲也《てつや》と涼夏《すずか》たちもレコーディングに参加して、かつて十代の頃アイドルだった唯《ゆい》が、大人のシンガーとなっていよいよメジャーデビューをする。

そこへアメリカのバーボン、〈レッド・ロック〉の日本での大々的なキャンペーンが重なり、某国資本のライバルレーベルの妨害に遭いながらも紆余曲折《うよきょくせつ》を経て、ついに流葉が前代未聞の素晴らしい舞台とコンテを用意して、いよいよCF撮影に臨む。

ラストは本番5秒前、登場人物の様々な想いを乗せてカメラが回り始めたところでスカッと幕を閉じる。実に爽快。これぞ喜多嶋小説だ。

ところで、海外の超大作映画やドラマでは、「ユニバース」がお馴染《なじ》みになっている。例えば、MCU（マーベルシネマティックユニバース）、つまり、別々のストーリーや登場人物が繋がっていて、全体にひとつの世界を構成する壮大な表現手法のことだ。

そんなものがもてはやされるずっと以前から、喜多嶋さんの作品は、どこかですべて地続きになっているように感じていた。

それはつまり、喜多嶋さん自身の視点なのだろうと思う。小説に繰り返し繰り返し書かれてきた「Way of Life（人生の流儀）」はずっと変わることなく、まっすぐにぼくらの胸に響いてきた。喜多嶋さんからぼくらへのメッセージだ。

だから、流葉が「しおさい楽器店ストーリー」に登場することになっても、不自然さはまったくなかったし、哲也と流葉があっという間に意気投合するのも、きっと二人のまなざしの先にあるものが同じだからなのだろう（もちろん流葉が登場するのは本当に嬉しかった）。

今回もたくさんの音楽が物語の中を流れていった。
テーマ曲はイーグルスの「Desperado《デスペラード》」じゃないかと思う。

雨が降るかも知れない
だけど君の上にもいつか虹がかかるはず
君は誰かに愛されたほうがいい
手遅れになるまえに
（訳／名智　理）

歌の中の不器用な生き方の「君」への問いかけと、流葉が〈レッド・ロック〉のために書いたコピーの、

「うまくやるって、
うまく生きるって、
そんなに大事ですか？」

が何とも言えず響き合うようで、胸が熱くなった。


「しおさい楽器店ストーリー」の登場人物たちも、ほかの喜多嶋小説の登場人物たちも、そして現実を生きるぼくたちも、不器用で、いつも愛を求めて生きている。

自分と、人生における大切なパートナーや家族、友人たちとの愛なくして生きてはいけない。

喜多嶋さんは、ともするとキザになりそうなこんなメッセージを、斜に構えることもなく、自然体に、変わることなく物語に込めて送り出してきた。

たぶん、この先も、愛すべき太陽と潮風の小説家は、海を見下ろす葉山のあの部屋から、同じように物語を届けてくれるだろう。そう確信できることが、なによりもうれしいのだ。

ここまで書いて、ぼくはまたウクレレを手にする。

動画サイトで流れている、初心者向けの簡単バージョンの「デスペラード」を見様見真似で弾く。

へたくそだけれど、いつか、夕日の真名瀬の防波堤に腰かけて歌えたら最高じゃないか。

そのとき、きっと、ぼくは「しおさい楽器店ストーリー」の世界に生きている。

★お知らせ

僕の作家キャリアも40年をこえ、出版部数が累計500万部を突破することができました。そんなこともあり、この10年ほど、〈作家になりたい〉〈一生に一冊でも本を出したい〉という方からの相談がきたり、書いた原稿を送られてくることが増えました。その数があまりに多いので、それぞれに対応できません。が、そのことが気にかかっていました。そんなとき、ある人から〈それなら、文章教室をやってみてもいいのでは〉と言われ、なるほどと思いました。少し考えましたが、ものを書きたい方々のためになるならと思い、FC会員でなくても、つまり誰でも参加できる〈もの書き講座〉をやってみる決心をしたので、お知らせします。

講座がはじまって約6年になりますが、大手出版社から本が刊行され話題になっている受講生の方もいます。作品コンテストで受賞した方も複数います。なごやかな雰囲気でやっていますから、気軽にのぞいてみてください。（体験受講もあります）

喜多嶋隆の『もの書き講座』
（主宰）喜多嶋隆ファン・クラブ
（事務局）井上プランニング
（Eメール）monoinfo@i-plan.bz
（FAX）042・399・3370
（電話）090・3049・0867（担当・井上）

※当然ながら、いただいたお名前、ご住所、メールアドレスなどは他の目的には使用いたしません。

光文社文庫

文庫書下ろし

Dm《ディーマイナー》　しおさい楽器店《がっきてん》ストーリー

著者　喜《き》多《た》嶋《じま》 隆《たかし》

2023年4月20日　初版1刷発行

発行者　三宅貴久
印刷　新藤慶昌堂
製本　ナショナル製本

発行所　株式会社　光文社
〒112-8011　東京都文京区音羽1-16-6
電話（03）5395-8149　編集部
8116　書籍販売部
8125　業務部

ISBN978-4-334-79517-7　Printed in Japan

組版　萩原印刷

光文社文庫最新刊

三毛猫ホームズの懸賞金　赤川次郎

恋愛未満　篠田節子

Dm　しおさい楽器店ストーリー　喜多嶋　隆

凡人田中圭史の大災難　江上　剛

Jミステリー2023　SPRING　光文社文庫編集部・編

しんきらり　やまだ　紫

流鶯《りゅうおう》　決定版　吉原裏同心(25)　佐伯泰英